德海行舟

万宇轩 著

上海文艺出版社
Shanghai Literature & Art Publishing House

图书在版编目（CIP）数据

德海行舟 / 万宇轩著 . -- 上海：上海文艺出版社，
2025. -- ISBN 978-7-5321-9327-1

Ⅰ . I227

中国国家版本馆 CIP 数据核字第 20253ML573 号

发 行 人：毕　胜
策 划 人：杨　婷
责任编辑：李　平　程方洁
封面设计：悟阅文化
图文制作：悟阅文化

书　　　名：德海行舟
作　　　者：万宇轩
出　　　版：上海世纪出版集团　上海文艺出版社
地　　　址：上海市闵行区号景路 159 弄 A 座 2 楼
发　　　行：上海文艺出版社发行中心发行
　　　　　　上海市闵行区号景路 159 弄 A 座 2 楼 206 室　201101　www.ewen.co
印　　　刷：四川省东和印务有限责任公司
开　　　本：880×1230　1/32
印　　　张：8.25
字　　　数：185 千
印　　　次：2025 年 7 月第 1 版　2025 年 7 月第 1 次印刷
Ｉ Ｓ Ｂ Ｎ：978-7-5321-9327-1/I.7315
定　　　价：69.00 元

告读者：如发现本书有质量问题请与印刷厂质量科联系　T：028-87586033

序：以诗为舟，行于德海

◎杨　克

　　这些年，我陆续读到过不少青年诗人的作品，而每得知他们的生活经历时，往往会产生新鲜感和文心交织的震荡。万宇轩，这个名字对我而言并不熟悉，也不曾谋面。他是中国诗歌学会会员，我略知他的经历，他1995年出生在江西德兴，曾服役，从士兵到巡特警，从消防员、城管协管员，到驻校教官再到如今在海南省公安部门工作，多年间，他的身份不断变换，却始终保持着一名平凡劳动者、基层建设者的脚踏实地的朴实精神。他既拥抱日常，也忍耐沉默；他像无数扎根底层的普通人那样，在纷杂繁复的现实间隙中寻觅文学的光，于2020年开始系统写诗，将心血注入语言的河床。

　　对万宇轩而言，诗歌或许是生命河流中自然生长的奇异之花。他受外公与母亲酷爱阅读与写作的家学熏陶，自幼对文学抱有天然好感。踏入诗歌道路后，他敏锐地将普通人生经历化为诗行，用语言捕捉思绪，以文字丈量灵魂。这份在俗世、兵营、执勤、校园、街巷中积累的生活底色，赋予了他的作品质朴真切的力度。

　　《德海行舟》是万宇轩的第二本现代诗集，由四个小辑组成："惟德乃兴""一叶知舟""浮生寻行""天涯海角"。从书名便可感知其精神意象：从"德"之所出发，以"海"之阔大为背景，以"行舟"隐喻精神与思想的远航——这既是对故土德兴与海南这片大地的双重呼应，也象征着诗人内心的漂流、坚韧与求索。

在当代诗歌的浪潮中，如万宇轩般的基层作者显得尤为可贵。时代催促人人奔忙，但并非所有忙碌者都有坚持写诗的耐性与勇气。他的工作经历决定了他每日面对的多为生之实务、尘世琐事——从军旅岁月到地方治安、从校园教育到社会管理，他不断转场，却不曾放下笔杆。这种持之以恒的创作热情，是他最值得钦佩之处。无论境遇如何变幻，他的文学追求如同内心的火种，一次次地被现实的风刮得颤动，却不曾熄灭。在当下文学格局中，这种创作者是诗歌的基础力量，为诗坛注入一股来自底层与现实深处的清流。

《德海行舟》全书四辑，各有侧重。第一辑"惟德乃兴"，从题名即可看出对故乡德兴的深切情感。"德兴"有双重指涉：一则为作者出生地，一则隐含"以德为兴，以品为先"的精神理念。这辑多是作者对童年、家乡、亲情与往事的咀嚼，是他精神根脉的追溯点。请看《惟德乃兴》这首诗作的第一段：

> 我在南国的椰城听闻故里
> 那个动人的城市，一笔一画都是过往
> 登高聚远，那是家的方向
> 笔锋落得随性，我的根在这里
> 母亲，当孩子临近家门的片刻
> 胸腔里翻腾的热浪是藏不住的笑意
> "妈，我回来啦！"

在此之前，从未想过离开

告别这个城市，我依稀记得

凌晨的天盖了一床被子，有些灰

当光爬上云端，我已在俯视芸芸众生

天将近、人渐晚，手里的磁片是全新的身份

外壳有些干裂，黑幕里睁开了双眼

镜花水月的相机里不用添加修饰

就让她沉沦，就让她伤痛

在时间的硝烟里，湮灭

　　它是全书开端，也是一把开启作者灵魂老屋的钥匙。在诗中，诗人从南国椰城的工作现场听闻故乡消息，以一声"妈，我回来啦!"激荡出内心涌动的乡愁。从"我在南国的椰城听闻故里"到"我的根在这里"，再到老友重逢的设想，全诗流动着思乡的萌动和人事变迁的沉思。故土的山川、昔日的伙伴与亲人构筑了诗人的人生底色。他将记忆的经纬一一梳理，以质朴的语言抒发对故乡的爱与牵挂。艺术上，这首诗不以复杂的修辞取胜，而在于一种真挚、自然的语调。平易近人的叙事，叠合出诗人在世界奔忙后依然能回到家乡的清新与踏实，也为整本书定下了"根在何处"的基调。

　　这第一辑的主题是记忆、家园与德性的涵养。诗人借此嘱托自我：无论走多远，都不能忘记来路与故土；无论世界多嘈杂，都要坚守心中那片清澈的土地。

　　再看一首《微醺》：

暗，灯火酿成暗红色

草原上旷野且热烈
我更喜欢她们高昂的歌声

短促且羞涩，在滚烫前的临门一脚
跌宕，丰富的口感。情绪在读秒
分针追赶着时针，秒针却是一个
微醺的歌唱家，嘀嗒，嘀嗒

这首诗有一种奇妙的氛围感。诗中呈现"草原上旷野且热烈""我更喜欢她们高昂的歌声"，仿佛是人在朦胧的酒意中，看见广阔天地里的自然歌唱。诗人以"微醺"的状态反观人生，一方面是醉中生醒，一方面是清醒中潜藏迷惑。节奏不疾不徐，字里行间散发出一种淡淡的生命哲思。酒是现实的调剂，而微醉的状态象征一种介于清醒与迷蒙之间的存在状态。在艺术手法上，这首诗不求格局宏大，而从身边微末处着笔，用感官捕捉心灵的震颤，以通感、转喻和轻微象征，让读者在不确定中感受生命的流动与精神的蓄积。

第二辑"一叶知舟"则转换视角，更注重内在精神的自省与生命体验的形上思考。在这辑中，诗人将个人灵魂当作一片叶子，试图通过对生活现状、人生沉浮、内外世界的察看，来呈现自我精神的成长与质询。这是一种进阶，由第一辑的回望过往，到第二辑的凝视内心，寻求生命自觉与自渡的过程。

这辑诗作都比较短小精干，也有一首《微醺》同名诗，这首诗不是这个小辑中突出的作品，但对比前一首，很明显地可以分辨两个小辑风格的不同：

太久了
只有沉痛的音节撞击
白炽灯睁着灰白色
生冷把昨夜拎出
归还那个你爱的远方
才懵懂记得
花儿落在广场中央
抓不了，是落寞的雨水
也不过是模糊了视线
别错怪
酒过三巡的身边
是新人

    这首诗歌，呈现出一种朦胧、低沉而疏离的气息。题为"微醺"，却不见轻快的酩酊之乐，反而显露出酒精后残存的苦涩感与空茫感。诗歌的语言碎片化，以意象为主，借助昏黄、阴冷的场景与虚化的人物关系，将一种无法确指的失落与模糊回忆呈现出来。

    诗中多次使用色彩与感官对照："灰白色"的灯光、"沉痛的音节"与"生冷"的手感，皆在表现一种情绪的稀薄与游离。形象上，"花儿落在广场中央"与"落寞的雨水"共同营造出隐喻性的场景：一个具有公共性与空旷感的广场，带有告别、逝去和错失的意味；雨水模糊视线，如同记忆无法清晰聚焦。

    这种意象拼贴式的写法让全诗并不倾向于讲述一个清晰的故事，而是通过情绪和景象的堆叠营造氛围。每一行像是一个片段闪回，不断地叠加在读者脑海中，形成一种微醺中断断续续的回忆片段。

可见"一叶知舟"强调的是内心自省、生命的抉择,以及在庸常世界中打捞灵性与勇气的行为。作者以短小精悍的诗篇反刍人生场景,从拐角、名字、回家、插排、棋盘、器皿等意象中提炼哲思。这些意象多与日常生活物件相关,却经由诗人的眼光变得有意味,具有指向内心变革的力量。这种书写方法体现了他的审美取向:在琐碎中探寻不朽,于平凡里生发光亮。

第三辑"浮生寻行"是整部诗集中相对灵动、富有情感的一部分。如果说第一辑是家园记忆,第二辑是内在省察,那么第三辑则更似一场浮世的远行,是作者在更广阔的时空与生命维度中展现感触。这一辑中,我选《罗布泊》来重点分析:

点燃火把,该回家了
也有过欢颜,风华也曾驻扎过这里
甚至我依稀可以捕捉到他们痕迹
伙伴们带着工具,临摹
可惜我们没有一千双眼睛,熬不过
苍茫的雄鹰,镜子里的自己肯定到

不过,我们该回家了

或许,我无法带走什么
还好,我并未留下什么

这首诗从标题看,就将读者带入远方——罗布泊,一个荒凉而神秘的地名。诗中"点燃火把,该回家了""我并未留下什么""不过，我们该回家了"，以极简的语言构筑出绵长意境。罗布泊是荒漠，是历史的碎片，是无数探险者与文明遗迹的见证，也是一片大地最深重的沉默。诗人在平静描述中蕴含隐喻：人生如漫游于荒原，所遇所思或许终将散失于漫漫风沙，但当你点燃火把，准备离开之际，却发现自己的行囊中并未能带走过多财富或秘密。

在艺术处理上，《罗布泊》不张扬意象的复杂性，而透过地名传递时空广阔感。面对广袤沙漠与历史残影，作者保持克制，内心的叹息隐约可闻却不直白宣泄。这种手法体现出他对空寂、对无常的体会，将此无言之境化为读者心灵的空场。此处的写作更接近一种静默的诗学：不着力营造修辞上的险峻，而是让读者在荒凉氛围中，自行体味人生的徒劳与思索的无限。

整个第三辑"浮生寻行"中，诗人用"黄昏""惊蛰""中药""婚姻""迁徙""月出东山"等意象交织出时序变迁、婚姻关系、地域差异、时空变幻的多元课题。从大地到内心，从传统文化隐喻（中药、婚姻）到现代心灵困境（寂静的背面、浮生如寄），作者以行走者的身份穿越人生版图。这一辑呈现出更自由的想象力与情绪波动，让诗歌在现实与幻境之间寻觅生机。这种艺术特色彰显出万宇轩笔下的世界并非静止封闭，而是不断敞开、流动、碰撞，在动态中生成意义。

第四辑"天涯海角"是全书的收束与升华所在。书名直接点出海南地域的特殊性：天涯海角是海南著名的地标，更是人生旅途到达某种极点后的象征性空间。在这一辑中，作者将对海南这片土地上的人文、历史、风景与记忆进行梳理与书写。《琼游记》《海瑞文化公园》《母瑞山》《铜鼓岭》《鹿回头》《西岛》《宋氏祖居》《神州半岛—灯塔》……这一辑似一部人文地理的诗意地图，也是诗人在现实中不断融入海南、汲取精神力量的过程。

这个小辑开篇之作《琼游记》比较长，我就不引用原诗了，读者可自行对照阅读。这是一首组诗（分节写法），它将海南的历史、文化、人物、景观整合在一起，从海瑞的名字与精神，到丘濬故居，再到海南红色历史（母瑞山、海南解放公园），以及多处人文遗迹。诗人于此扮演一个过客、一个后人、一个与历史对话的旅者。他以细腻的笔触描绘环境，以恭敬的口吻审视先贤遗迹，并在时间的回廊中领受思想的馈赠。

《琼游记》艺术特色在于将多重历史文化元素平铺展开，并以柔和的叙事节奏使之相互映照。不同的人名、地名、事件被串联成一条宏大的精神链条，读来仿若一场沉浸式的人文之旅。这种写法体现了诗人对地方文化资源的重视与对传统精神的礼赞。同时，他并非将这些文化名片简单罗列，而是在诗中不断与自身的当下经历相对照：在时代洪流中，我们都是注视过往、面向未来的旅人。通过琼州的历史遗迹与人物故事，他传递出个人价值观——每一片土地的历史、每一座遗迹都是我们精神养分的源头。

这一辑的总体基调是奔波与沉思的统一，现实与历史的对话。天涯海角并非终点，而是更广阔精神空间的敞开。作者立足海南，却不止步于地域描绘，而是在自然和历史符号中蕴藏出关于信念、坚守、传承的深层关切。

读完这本《德海行舟》，我们可以看到一个诗人从家乡（德兴）出发，经由人生的流转与自我省察（"一叶知舟"），再步入更广阔的浮世沉浮（"浮生寻行"），最终抵达海南的人文地标（"天涯海角"）。各辑间关系如同一条精神航线，从内陆到海岸，从童年到成年，从狭小的生活圈到浩瀚的人文地理时空。诗人万宇轩用语言搭建桥梁，用诗歌呼应现实，又在诗歌中寻找意义之源。他的创作并不华丽，却有一种坚韧的张力：在琐碎的生活体验、在贫瘠而深沉的内心独白中，挖掘出诗意的可能。他不以华辞和瑰丽意象夺人眼球，而以真诚、持久的书写来让读者感受语言中的温度与信念。

此外，值得一提的是，作者在文本中对家园、亲情、历史先贤、自然风物、当下社会变化的关注，构成了一种多维度的精神坐标系。他既有对于个体生命成长的感悟，也有面对时代变化的冷静思考；既有对历史与文化的致敬与寻根，也有对现实困境的体察与回答。这些要素织成一张丰富的人生与创作之网，使得整本诗集并不单调。

从语言特色看，万宇轩的诗并不追求高难度语法或深奥的象征体系，而倾向于一种质朴、本色、略带散文化的语言风格。这种风格的优点是亲切、自然，缺点是某些篇章可能显得平直。但对于一位基层创作者来说，这种书写恰恰与他的个人经历相称：他并非身处纯文学环境中，也没有过多理论负担。他的诗如同他的人生轨迹，以踏实和敏锐为基础，以心灵感受为动力，以不断阅读和写作为学习途径。随着时间推移，他的诗歌语言定会更加成熟，更富有个人特色强烈的韵律感和意象构筑能力。

纵观整部诗集，我想到一句话：写诗，不是为了成为名家，而是为内心积蓄一泓清泉。在当前快节奏的社会中，坚持以诗记录生命，是一种勇气。万宇轩的创作道路还很漫长，他的生活历练与诗歌探索也会相互激励。我相信，随着阅历加深，他会在语言、意象、结构、思想深度上进一步精进，让诗篇更显独特的艺术辨识度。

作为一名同样关心时代与文学的人，我为他写下这篇序，既是对他努力的肯定，也愿在序言中寄予期望：希望他能继续行于"德海"之中，以诗为舟，不惧风浪，抵达更广远的精神彼岸。愿他保持初心，恒久写下对生活的歌赞，让文字成为另一种守望，让诗歌在他的生命轨迹上开出更多朴素却芳香的花朵。

是为序。

（杨克，中国作家协会主席团委员、中国诗歌学会会长）

目录
CONTENTS

第一辑　惟德乃兴

002 / 惟德乃兴

004 / 寒露

005 / 河西

006 / 十块钱

007 / 小阳台

008 / 大院子

009 / 跳台阶

010 / 推着凉皮的三轮车

011 / 汤粉店

012 / 德兴市铜矿中心小学

013 / 职工宿舍

014 / 一卧、一厅、一厨房

015 / 水冷摩托

016 / 全家福

017 / 浮萍事

018 / 风的骨头

019 / 掸落肩上的雪

020 / 一壶热酒

021 / 冰凌

022 / 弯腰的谷穗

023 / 掬水而饮

024 / 一条分支的小溪

025 / 微醺

026 / 流逝的秘密

027 / 聚远楼

028 / 凤凰湖

029 / 碉堡山

030 / 三清山

031 / 煎饼摊

032 / 清明粿

033 / 流水琴音

034 / 阳光推开木门

035 / 空杯

036 / 时间里的锈迹

037 / 乌佬粿

038 / 石头里的夹层

039 / 未写完的歌

040 / 半边神塔

041 / 新警察的梦

043 / 龙津

045 / 时光是隐形的剑

046 / 当风遇见风

047 / 井的深度

048 / 针脚

049 / 问

050 / 染

051 / 晨慌

052 / 月的独白

053 / 时间的碎屑

054 / 鹿遗踪

第二辑　一叶知舟

056 / 清晨入山

057 / 尝试

058 / 笑话

059 / 默读

060 / 偶然

061 / 拐角

062 / 名字

063 / 候鸟

064 / 接近

065 / 大风渐止

066 / 回家

067 / 桌子

068 / 椅子

069 / 插排

070 / 摆件

071 / 最后的成熟在人间

072 / 梦与火

073 / 青铜杯

074 / 废墟上的青草

075 / 浮生如寄

076 / 窑变

077 / 一截良木

078 / 风的肉身

079 / 头颅

080 / 躯干

081 / 四肢

082 / 奇谈

083 / 半截黄土

084 / 禅定

085 / 器皿

086 / 闲者

087 / 琲瓃

088 / 涌

089 / 秋分

090 / 棋盘

091 / 棋子

092 / 归

093 / 出山

094 / 置身事外

095 / 微醺

096 / 那个自己

097 / 烟雨入江南

098 / 脱落

099 / 恻隐

100 / 更迭

101 / 过目即忘

102 / 孤岛

103 / 黄昏煮酒

104 / 身披星光的人

105 / 耳语

106 / 她的天空永远不会掉下来

第三辑 浮生寻行

108 / 海之蓝

109 / 惊蛰

110 / 黄昏

111 / 中药

112 / 婚姻

113 / 寂静的背面

114 / 晨起

116 / 百天

117 / 迁徙

118 / 探路

119 / 线

120 / 渡

121 / 牵手

122 / 侧过身去

123 / 尽头

124 / 同桌

125 / 罗布泊

126 / 月出东山

127 / 立夏

128 / 影子记事

129 / 窗外的牧场

130 / 木棉花

131 / 梯田

132 / 开场白

133 / 立春

134 / 新海

135 / 新年赋

136 / 一块易碎的石头

137 / 指证

138 / 想你了

139 / 荷家

140 / 光与影的细节

141 / 目光所至

142 / 秋风吹着草原

143 / 晨音

144 / 听风

145 / 叶脉上的纹路

146 / 寨上明月

147 / 草木的呼吸

148 / 在黎明前醒来

149 / 行走的大山

150 / 游离之物

151 / 斯卡布罗集市

152 / 报纸

153 / 纸上怀想

154 / 与时光背靠背

155 / 蝉翼

156 / 何处箫声

157 / 芦苇上的白月光

158 / 浮木

159 / 狂想录

第四辑　天涯海角

164 / 琼游记

167 / 霸王岭

168 / 张岳崧故居

169 / 七仙岭

170 / 西洲书院

171 / 丘濬故居

172 / 神玉岛

173 / 海岸一号

174 / 平凡之路

175 / 海瑞文化公园

176 / 海水的一生

177 / 母瑞山

178 / 尖石岭

179 / 冼夫人纪念馆

180 / 吴典故居

181 / 东山岭

182 / 南丽湖

183 / 海南解放公园

184 / 便文村

185 / 琼山

186 / 旧州

187 / 海

188 / 四年

189 / 黄斑

190 / 如此相信

191 / 我成了

192 / 同题

193 / 世纪大桥

194 / 西岛

195 / 鹿回头

196 / 神州半岛—灯塔

197 / 黄昏

198 / 宋氏祖居

199 / 铜鼓岭

200 / 立冬

201 / 回音壁

202 / 灶台前的母亲

203 / 回家

204 / 秋风起

205 / 一杯水的日常

206 / 绝非偶然

207 / 大雪是完整的修辞

208 / 时光切片

209 / 古老的邮筒

210 / 十字路口

211 / 晚归的人

212 / 劈柴人

213 / 空白是万物的底色

214 / 随物赋形

215 / 天空是一扇敞开的门

216 / 轨道

217 / 一块菱形镜片

218 / 阳光照在流水上

219 / 茶山密语

220 / 一条河的上游

221 / 风的归处

222 / 与草木对语

223 / 水知道答案

224 / 风刃

225 / 流星在路上

226 / 草原上的雾

227 / 印记

228 / 向左

229 / 流水之鉴

230 / 山谷为界

231 / 登山记

232 / 未来的某个黄昏

233 / 守护者

235 / 海的故事

237 / 跋：被风吹落的余晖

第 一 辑

惟德乃兴

WEI DE
NAI XING

惟德乃兴

我在南国的椰城听闻故里

那个动人的城市，一笔一画都是过往

登高聚远，那是家的方向

笔锋落得随性，我的根在这里

母亲，当孩子临近家门的片刻

胸腔里翻腾的热浪是藏不住的笑意

"妈，我回来啦！"

在此之前，从未想过离开

告别这个城市，我依稀记得

凌晨的天盖了一床被子，有些灰

当光爬上云端，我已在俯视芸芸众生

天将近、人渐晚，手里的磁片是全新的身份

外壳有些干裂，黑幕里睁开了双眼

镜花水月的相机里不用添加修饰

就让她沉沦，就让她伤痛

在时间的硝烟里，湮灭

第五个年头了，时常与旷野交谈

风若是没有尽头，可否为我传达对故乡的思念

旷土没有边界，水墨荡漾在凤凰湖畔

夜的路途写上拼搏，深处刻着坚韧
新的起点锻造新的高度，每一次的深呼吸是甘净
念出的名字，考量，我不止一次在呐喊
南门桥、碉堡山、曾经那个德兴广场落满了颜色
从这一头到那一头，上学的必经之处
沿路莽撞的少年，青春激昂的活力
沉甸甸的是我长大的样子
还有三两老友，推了手头工作，相聚
童年，离我们已越来越远
时间鞭策着我们一路向前

匆匆告别
踏上离乡的车站
来往的路人沉默寡言
开往南国的列车有一处标语

亲爱的返乡游客
山川之宝，惟德乃兴
德兴，欢迎您

德兴（姜炜 摄报）

寒露

降到一个沸点
王，指认有三候
鸿雁、蛤蜊、菊花
而我在南国的海边一无所有
碎光，滋养黑夜的喧闹
偶尔会有拼桌
篝火旁的我们唱着
京腔有些生分
侵染的黑幕点上几盏
不为人知的烛台

一琼沙海
一望无赣

河西

从学校回到家里
一般我会用二十分钟，偶尔
十多分钟，但不敢超过半个小时
结伴的小伙伴
他的妈妈是我妈妈的同事

十块钱

那一瞬间，我是全世界最富有的人
忍不住抬头挺胸，嘴角按不下去的张扬
我紧紧攥在手心，享受在我怀里的每一秒

路上，遇到一个新鲜事物
扑扇彩色的翅膀，围观人在喝彩
到了打赏环节，我呆若木鸡

小阳台

母亲盯着我学习，房间里没有玩具
也记不清楚小时候的爱好

某天，听到小鸡仔们的聊天
我看到一脸憨厚的老爹从小阳台走出
晚上，我多吃了一碗饭，母亲在责怪

多年后，我问父亲
父亲笑着，不说话

老房子　（万增友摄）

大院子

小的时候，陪伴最多的是
天上掉下来的星星
有的变成小鸭，有的变成小鸡

走的时候，盖上笼子
在屋内看电视的我，突然冲进大院子
赶走黑夜的猎食者
那只瘸腿却跑得飞快的猫

跳台阶

周围的人都放弃了，父亲点上烟
车灯更沉默了
主人公的我浑然不知
就算如今我是家里最健壮的男丁
也搜寻不到那一段的记忆

不记得母亲下决心的模样
哪怕我是张破损的白纸
追到桥的对面
我才看到
一个女人牵着一个娃娃
在台阶上，左脚
跳上去，跳下来

台阶（余业芳摄）

推着凉皮的三轮车

阴天，日历上没有天气预报
两块钱，我会多加两大勺的辣椒油
咕噜噜的，阿姨搓着手，布满老茧

一个铁碗，袋子翻个跟斗
豆筋显得更为肥美，没有其他佐料

多年后，摊位一如既往的热闹
菜品，像是我的年纪攀升
没有事先说明，灯塔，亮了——

我看到一个少年，擦着油脂
捂着口袋，那里
有昨天省下来的五角硬币。

汤粉店

我去的时候，那里在重新装修
户口簿上的那一栏，多了一个曾用名
印象不深刻了，儿时的第二家备选
周边坐着跟父母穿着同样的制服——江铜集团

吆喝声、锣鼓声，最多的还是摩托车的轰鸣声
父亲总喜欢戴着一副墨镜，比老师的戒尺更生硬
那个时候照片是黑白的，母亲喜欢收藏
把那些过往翻出来，只是后来我才明白

我拿出口袋里的手机，拍下照片
虽然，并不知道会保存多久
但我看到，她朝我挥了挥手

德兴市铜矿中心小学

拐个弯，就到了母亲的单位
最怕期末和家长会
讲台两侧的柳叶，挡住了母亲脸上的光
记忆在照本宣科，偶尔还有漏洞

那年，它还不叫这个名字
我翻过围墙去找她
仅仅只是，匆匆一瞥

德兴市铜矿中心小学 （章文晖摄）

职工宿舍

一条楼道，二十间房
尽头是一个宽大的公共厕所

男人端着一盆脏衣服，顶着月亮
女人借着路灯，学着母亲针线
两人突然一顿，女人跑回房间

还好住在一楼
抱起
哇哇大哭的婴儿

职工宿舍　（余少芳摄）

一卧、一厅、一厨房

在四楼
母亲说，在这之前，还住过一个地方
我不记得，我只记得对面打过架的同学
那只伸着懒腰的大乌龟
六点钟，父亲做的热腾腾的饭菜

母亲说
当年看上父亲的手艺
红烧肉炖土豆，母亲只吃了土豆
父亲年轻的模样记不太清了
可能，被油烟吞没了

水冷摩托

2005 年，转学到了德兴
周内在老师家，周一和周天
父亲会骑着水冷摩托来接送我

父亲年轻的时候，不喜欢笑
那个时候没有头盔，我靠在他的后背上
好像，从未开口说过话

往返之间
有一趟是他一个人

全家福

我想母亲那里还留存着

众生是时间的添加剂
裁缝登上珠穆朗玛峰的那一刻
也有修补不了生活的遗憾

推推搡搡，蹉跎半生
胶片里的人物闪烁着微光
滋养，病态的醉客

浮萍事

只是被遗弃在苍茫中的一粟
也曾拥有，也曾有过名字

塘前的芳香，扣在瓷瓦上的细语
匆匆来迟，我把过去焚烧在
后马路的房子里，这是第二次

对比起来有些暗淡，太阳
有些冷，我的心情仿若举起
磐石，尝试连接天际的桥段

夜为清晨披上黑衣，还是那张纸
不过蜷曲起坚硬的形状

顺着河流，涌入大海
在无名河被一个女孩拾起
铺平，那满是纹落的皱褶。

风的骨头

我抓住它了，碎裂的旁白
经不起炭火的热情

它比篝火更厚重
它比少年的牙床更坚硬

火，压弯了腰
风在修复，折断的弓

掸落肩上的雪

一块，或者一大块
从不说落雪寻花
背靠的画家，会先来一口烈酒
笔尖软弱的疤痕，白纸悲鸣

三排脚印，从城南到城西
后来，男人追到了拉萨
埋下，她种下的花

一壶热酒

门窗都敞开
无言酝酿着酒意

还是他们，只会是他们
攥紧的温度丢进炉火
我们拉扯着前行

冰凌

在南国，只是一个女人的名字
木匠成为锋利的点
皮囊下那颗跳动的磐石，刻证
落花的时节，滚烫的记忆

赣南，只是活在旧忆里的少年
碎片下的炙热，点燃焰火
娶一朵爱意，琴键跳跃的蓝图
定义危房的南墙，劣迹斑斑

瓦罐里的清泉
盛开了花

弯腰的谷穗

落阳了，大山吆喝一声
茶田的采茶女应了一声
风太大，传到山脚下的男人那里
只有呜呜的轰鸣声
他指着远方列车，笑开了花

夜深了，野猫爬上屋顶
星星成了月亮的眼泪，挥洒
有人借着星光在屋里
有人，借着星光在田里
流星一跃而下，压弯了害羞的谷穗

掬水而饮

林深见鹿，摸着石子，勾勒
书画里的老神仙
一步一洞天，三步再回首
湖岸对面有青衣作伴

温着酒，竹筏在湖面弹奏清凉
山不曾问我，我也不曾见山
也好，忘了，忘了世间冷暖
赤裸着，我的灵魂

一条分支的小溪

昨天，父亲告诉我
我们这一分支要重修族谱
点，分成了无数条线，闪烁星火

大江是源源不断的，滚动的流沙
提醒，人们回头去看
每一步的艰难，每一决策前的滔天巨浪

我转身挥了挥手，背着行囊
一条分支的溪流

微醺

暗，灯火酿成暗红色
草原上旷野且热烈
我更喜欢她们高昂的歌声

短促且羞涩，在滚烫前的临门一脚
跌宕，丰富的口感。情绪在读秒
分针追赶着时针，秒针却是一个
微醺的歌唱家，嘀嗒，嘀嗒

流逝的秘密

从拥有到失去，我用了八年
风评，是事态敲定的重要环节
不止一次的触醒，在悬崖之上

木偶在卖力地表演，提线
是一个手艺活，我很少走进堂前
模糊的镜子分不清斑驳的脸
该往何处安放

聚远楼

它仅代表，我对你的到来最高的敬意

如果你愿登山，我愿结伴

如果你想寻山的气息，我会骑上父亲那辆摩托车

下雪了，好多年都未曾见过的大雪

玩雪的记忆，与家密切相关

老友发来了消息，那已经是我刹那的背景

不定期回去一次，驱车一千五百多公里

妻子说，下次还是坐飞机吧

夜半的书桌，空空荡荡，书、笔，还有一个

不搭配的乒乓球拍，我敲打着属于我们的一切

沉浸在回忆的画押，或许，也不在悲悯

待到重逢登楼时，嘿，我深爱的故乡

聚远楼 〔姜烨伟摄〕

凤凰湖

我们算是最早的那几批
那里还未建设，只有湖、没有名字
更没有入口的门庭
听说，入口又向前推进了数百米

我喜欢清晨和夜晚的她
清晨，羞涩且朦胧，雨雾是还未褪去的睡衣
当我跑到矿冶博物馆的位置，瞥见
惊为天人的青涩，当我一一与老朋友拜别
回到起点，阳光还未回温

夜半，有时独行一人，有时与老友结伴
隐蔽在山湖之中的石头路，与星火作伴
没有指示牌，只有一个唐突的缺口
若不是那天对酒当歌，我不会闯进这片安宁
喧闹、细语被堵在拐角，我抱着酒壶
生怕有人跳出与我争抢

在之后的多年，我坐在车上，看着
奔跑的人群，像极了那个背影

碉堡山

它是火炬山的前身
可能，现在的年轻人已经不知道这个名字
那时，没有完完整整的阶梯
那里，也没有专人打扫
有些破败、陈旧，可它的故事却如惊雷
透过瞭望口，山下是千军万马
有次失足，从山上滑落
少年没有害怕，口中喊着："杀！杀！杀！"

碉堡山　（占德泉摄）

三清山

母亲去过很多次
我去过一次
父亲一次都没有去过
离开德兴之前，想约伴再去一次
搁置了

记忆里的他早已模糊
只有凌晨赶路，快到山脚下
那个抬起头的日出，落进我的眼里
这么多年了

我想叫上老爹，趁着还来得及
找个时间，爬一次

三清山 （姜烨伟摄）

煎饼摊

凌晨五点，那里就排上了队
先是环卫工人，然后是赶早读的学生
有的时候，我也要赶早
一中、二中、三中，恰好是必经之路
我们在同一时间相遇，早个几年
我跟他们一样，现在也一样
只不过，我们朝着相反的方向
像我那年一样，骑着单车穿梭在大街小巷
疑惑，那些赶早的大人们
为什么扛着生硬的面具

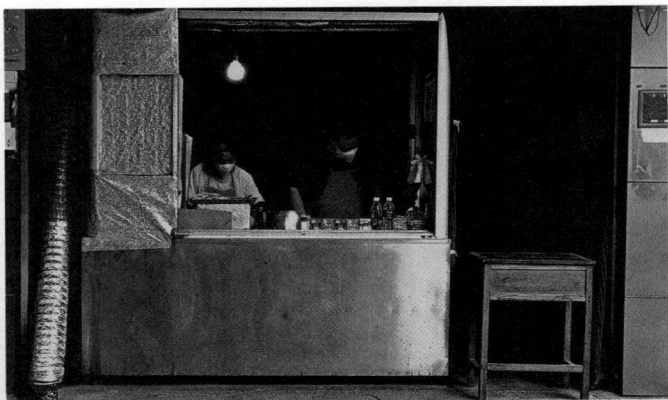

煎饼摊　（刘易哲摄）

清明粿

两种口味
一种里面是甜的，黑黑的糖，圆形
另一种是咸的，有剁碎的豆腐，饺子形状
小的时候只喜欢吃甜的

在异乡，今年过年
大姨带来了清明粿，偶然发现的
它的模样，这么些年依旧没变
我跟在父亲的身后，同样没有变
开饭了，屋内的少年收起
不成套的扑克牌

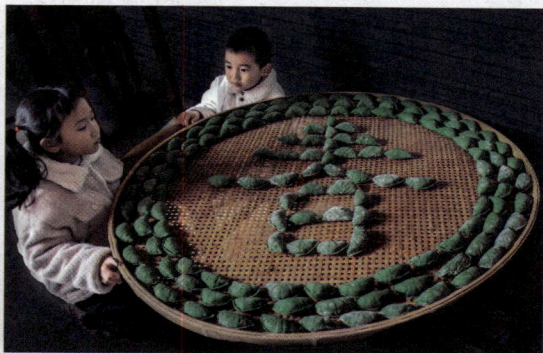

清明粿 （毛树良摄）

流水琴音

竹筏，时间是那根木杖
采花的人在岸边，欣赏的人在隔岸
船夫给我一个斗笠，遮住刺目的太阳

不赶路，河里独有我一家
荡漾微光的河水，面容青涩
跟初见时一样，干净
世俗给我一面镜子，遮住斑驳的月亮

流水的尽头是空灵，雨夜
似陌生的擦肩，跳落的音符伸出了手
竹筏与河流摩擦出的星火，装饰清澈的爱
取下斗笠，我成为我自己

阳光推开木门

一盏茶，它轻轻地叩响
或许还要赶路，去下一家拜访

城市稀薄，百叶窗还在沉睡
它可能和我一样，习惯每天的习惯
可无法阻挡，人们的需要
就像我弹奏的吉他，悲悯却优雅

每天的周而复始，黎明与落日
牧场的赶车人比阳光准时
阳光总是追着他，为了惩罚
把他的影子拉得特长，犹如黑夜的箭
对准，我的木屋

空杯

父亲向我挥手告别
去往我的故乡，来不及去机场
工作，让我在窗台，看向飞机场的方向

父亲爱划拳，偶尔也会喝高
黝黑的脸庞透着一点红晕
第一次跟他喝酒是哪一个年头？

我知道为何喜欢记录
录像里的我们，场景多样
收尾的时候，窗户隔开了风
我举了举杯，示意

时间里的锈迹

云层随着车速翻涌，是为面纱
迈步于林还是等待于野都阻止不了
习惯是高高举起的重锤
时间却是棉花垫之下的，爷爷专注的目光
烟草的朦胧遮住面庞，搬起重物走出
离镇近一些，黝黑的臂膀与钢铁较劲
他不让小孩接近，偶尔会让儿子们搭把手
我看见了，父辈的儿时，在那屋檐下
在门前之外的屋子里，无论多么坚硬的铁
与爷爷锤子对抗后会败下阵来
初具雏形后，丢进火炉里，最好与雷电说明
父亲学着爷爷的模样，把夕阳揉进雪里
第一次走出那个村，哪怕少年一无所有

乌佬粿

往花桥的方向
在一座桥从右边延伸一条路的对面
有一户人家的乌佬粿——念念不忘
它不管饱，小巧精致
甚至如羞红的花朵，吹弹可破
她是待客的赠品，每一道的做工
精细，如缝线的衣裳
我寻一口韧劲，在口感之上的共鸣
那夜深了，告别了年少的我
躲过了炊烟，也错过了人家

乌佬粿　（张晓东摄）

石头里的夹层

赶早的闹钟可以遇到初升的朝阳
顺便带上沉重的我和郑重的黑色书包
多久未读的重低音，方向盘的目光
始终如一，我抓住遮羞布的尾巴
赶上了生活中的第一篇章
时间有三个孩子，繁花是最小的那一个
推辞了小镇上的空谈，落身在余光里
远处的轻吟，那里可能有暮沉的炊烟
嘿，那份沉甸甸的旧罔——

未写完的歌

磁带有些杂音，新买了一个收音机
巷弄不知为何夜晚的尽头没有光
就像不知手里的玩具要举过头顶

河边、林间，在没有面具的叹息墙
我在这里举办一场盛大的音乐节
跳跃的青春和鲁莽的年少敬酒
敬那个躲在门后的中年男性

火光里的猜谜，冲上云霄宣布
今年，三十而立

半边神塔

投石问路
过去的痕迹从梦里醒来
老人有尾部的释文

雨落是雷霆的眼泪，我是等待的故人
思念，浸染于四肢百骸
撑起那斑驳的皮囊，我知道
她一定会回来，从黄柏村村口的方向

无关落寞，四百年的古稀风霜
黑夜抑或是黎明，融于闹市之中
好想坐下身子，换一个角度
——对生活，也对自己

半边神塔正面 （夏烨借报）

新警察的梦

时间，打开一扇门，我记得当初你许下的誓言
我在天涯海角期盼，每一场的独白

是夜，你是最安静的那一个，常伴的是那台旧电脑
三支一扶的基层工作，你说，想要成为那个安全感
那时我已离乡赶海，电话那头传来家里的喜讯
我依然记得，你所说的冲动和使命感，恍若当年
细碎的琐事充斥着你所有的时间，你弯着腰、蹲下身子
在寻求帮助的百姓之中，你不是那个踌躇的"新兵蛋子"
而是那个"小刘警官"

或许，这就是基层派出所的核心工作
记得你跟我说，小时候的警察梦真正到来的那一天
忽然意识这就是一个教育的闭环，就像每一个在各自岗
位上
发光、发热的九〇后，突然发现，我们早已成了大人模
样。

从自由着装到藏蓝警服、从服务基层到维护治安
时间，早已做好铺垫，只待你砥砺前行

走访、调解、检查、办案，当这些词汇成为生活的一部分
当穿上警服，扛上警衔，对着警旗宣誓的那一天
你也热泪盈眶，也有对这片大地炽热的爱
从一线民警到机关科室，不变的是持续挑战的决心
收集、搭框架，在沉淀中突破，在困难中学习
跳动的字符是破晓的光，穿过山海只为最初的梦想

在梦的夹层，渲染人生乐章，你说
小时候的涂鸦是长大后的心有所往
青砖铺成了路，我们都一样，炽热的火在燃烧
——书写壮丽中华

龙津

我回来了
生物在得到某种预兆的时候
就会踏上寻根的路
跋山、涉水

父亲不善言辞
在我的童年没有他的故事
只是从母亲那里偶尔提起
看到一张老旧的牌子
万家村

老一辈的人常说
我们出生在这里，不愿再走了
我们来的时候他们坐在门外等候
我们走的时候他们坐在门外目送
似乎对他们而言
生活，只是这样
我摇上车窗，落下
一尊蜡像

那天酒过三巡
父亲说，那本未曾谋面的族谱上有我的名字
爷爷那一辈从村子里走出来的
母亲说，她见过奶奶在路边摆摊睡着的模样
我记得小的时候，我撑在阳台上
见过爷爷打铁的模样

我来自余干县龙津村
可能在我年老的时候
我记不得她的模样
但我感谢
你曾经来过

时光是隐形的剑

随处安放一个印记
从灵魂出发，有三种颜色
大地把它们搅拌在一起，灌入大海
我沿着轨迹，妄图索取三字桥段

记忆在破空，淡雅的光圈
支立起漆黑的瓦片，从这头到那头
矮房上的我们抓着童年的小手
赶在落阳之前跳下，梦醒了……
今天与那天相仿，有雨

当风遇见风

推着前行，小镇顺着光阴周而复始
采山，男人们更喜欢纯粹的黑夜
火把结伴，山峦之巅离家灯数日之远
听说过，最远的人看见过大海

今日礼，一个背囊，一封压箱底的家书
依旧是熟悉的春夜，力的火把穿透云端
似有海的气息，似有风的空明，少年郎
厚重的年轮推开世纪的大门，去探索
是山海、是雾都，抑或是百无聊赖的荒芜
当风遇见了风，镜子里的岁月枯荣
书本里，形容为一生的成长

井的深度

开采，向上天借了力
祈祷今日没有风，祈祷明日有雨
我窥探着大地之眼，枝丫
影子的束缚在于它不安分的重点
欣赏黑夜，它是我在黄土上仅有的家纺
从罗马走到复兴，从生走到再生
拒绝一次又一次的天空，褪色了
我的老朋友，他有很多的梦想
可他的双手沾满琐碎，剩下那如
稻草人一般的专注，焚烧岁月
他一生的积蓄离女儿的学校五十公里
还好，还有一头与他年龄相仿的骡子
手中的鞭子是牵引线，从学校返回
是最快乐的时光，杯中滚烫随着颠簸
敬天地，敬骡子，敬伤痕累累的影子

针脚

凸状物，塌陷的空心等待
棉线在母亲手中流转，习惯性的
时光会打一个结，没有固定的颜色
自从看见母亲下意识将事物推远
我更多的是把旧物丢弃，或是前往
场景相似的裁缝店，外婆家的老房子
挂在朋友圈出售，不知是否已售
承载三年的年少更多的是那裁缝机
它偶尔会响，外婆拿着母亲的衣服
使唤我去客厅写作业

如今，快三十的我回到家
翻箱倒柜，找一个午后的童谣

问

还少两根线，目光弯了腰
分不清白天还是黑夜，点灯
旁观者的蓝图色彩斑斓
打翻了墨瓶，我似望见他将思念丢下
深渊的海，无关每一次的祷告
赋予的情绪推动情节——垂老
若白纸有其他构想，我愿增添红色
可你却低头不语，对抗灰色的壁垒
擦拭后留下的足迹如痒，如针毡
可你却依旧赤脚，静待花开

染

她只存在于璀璨的瞬间，万里有山
有海、有村庄，有追逐的身影，勾勒
一张千疮百孔的油画，举过头顶

大地狼藉，受伤的面子在龟裂
剥落一层层的无言去撑起褪色的框架
沙石没有聚点，好事的风没留下踪迹

我手中的画笔高高举起，染，染不尽
破旧的皮囊借着醉意喧嚣，睁开眼的繁华
我见过不远万里，哪怕她近在眼前

晨慌

拔高，在辽阔之上
凝望更深的出处，是林间百态
落笔在半山腰，一个自得的画家

炊烟在看不见的风景，或许在墙上
在水墨倒影之中，深叠的光
抚平人间的色彩斑斓，恍然……

会落雨么，我与你的距离
相隔于目光所至。

月的独白

霓虹、闪耀
一千零一话还在夹层
我无法像黑夜如约而至

披荆斩棘不仅仅是为了皎洁
我是深山里唯一的光

斑驳是前进的勋章
崎岖不是积水，是厚重的梵音

时间的碎屑

一个透明的容器，成长型
风带来冷冽的弧度，斟酌森林的曲目
莺儿在追赶，离江跃起的阳光

枝叶垂帘，一对松鼠在啃食日落的阶梯
绿荫下的静候，响起对旷野的梵唱
摘自灌木之下的琐碎，一叶青绿摇曳

混沌在驻足，流浪的风树立向往
静默的沙却在倒流，悬针不是规避者
逐渐增长、逐渐健硕继而平庸

纵身一跃的山谷，远在千里之外
一个迷路的行者在这片荒芜扔下一个铜板

鹿遗踪

忘记你了，我问了周边的行走的、安静的
只有路过一圈又一圈的年轮，坐在它那荫蔽之下
听着梵音，有拉锯的声音，有迷雾里睁开的清明
所以我不打算走进那栋教学楼，积水漫过黑夜
我只能苍白地复述那段生硬的文字，敲打未知

帖子里的陈旧的篇幅已无法透过迷雾，其实都知道
它们一直在那里，是迎宾的第一道风景

白鹿 （毛树良摄）

第

二

辑

———— ✳ ————

一叶知舟

YI YE
ZHI ZHOU

清晨入山

我推开无数的场景
窗外，喜鹊与红杏相爱
街坊开始打磨小道流言
二十钱的租赁升起了第一支火
摸黑的狐狸捆上麻袋
动物世界，母亲说是纪实节目

渔夫亦是樵夫
老者说傍晚的他最接近自然
赤身入湖，不如此，焉知鱼之乐
我跟随在樵夫的身后，上山

第一声劈柴
为破晓之时，挥举着生活向大山索取
我向人间望去，草芥横生
隐，写在我的影子里
师傅说："入山了。"
我匆忙扫了一眼清晨的身姿
停下了笔

尝试

我有过
断续的残页合上书
喉咙咬碎
剥离少年得名的湖畔
她终究还是没有意识
我尝试过

躯体枯坐
男人是活生生的化石
她有说穿
抱着童话的在鼓掌
我指责明明
向我宣战

笑话

她写在纸上
我苦念经文
一日三餐
橱窗收纳
碎得满地的玻璃
她在笑
他在拼凑一个
假面

默读

梨花开了
风带来无声的承诺
驿站接纳又离开
钢印提取不到我的名字
林尾在坠落
秃鹫赶不上落日的早餐

干涸的树皮
发声

偶然

突出
拨开身后的乌云
巷弄剽窃掌心里的光
麻烦，借过
朋友认出季节更替
打捞海洋的偏见

控诉
与我一样的名字
与我一样的面庞
镜子与谁做了交易
拉扯一个物件
复制、粘贴

我偶然翻阅
你瞒我瞒

拐角

我把整个旅途控制在两个音节
车窗蒙上你的背影
方向盘把我拉回现实
"师傅，我赶时间。"
精确的计算也抵不过时间的公正
我构想伪命题

山问我："她可知晓？"
答："我只看结果。"

影子伫立在拐角
凝望

名字

重名了
我以为是少年时代的出生地
想象，角色扮演的新奇
行囊在沉睡
它只与夜晚作伴
或许
后来的人补个差价
我已记不清你的名字
毕竟这个世界
有成百上千的复制品
山谷理解我的痛楚
抡起重锤
与谷底打个商量

候鸟

黑夜居无定所
我找到新的替代品
稻草填满的人形告诉留守的云
迁徙，是为了回避一张张面孔

我败下阵来
她只留下一叶枯舟
抓取半截灯火
等候
候鸟迁徙

接近

说法在张贴目录

空白页上，笔尖与灵感道别

锯子磨平了一切妄想

草原与列车竞速

是风、是面积，断断续续

捡起笔头的孩子，涂鸦

路过的不朽问他

下山的羊群是一朵朵云彩

那个消失匿迹的素人

我的笔尖

再也

触碰不到她

大风渐止

我从不追寻她的脚步
拨开一层层杯盏
扣下、回温
出现的那片深绿
是一幅油画的乐章
我被画展重重关在门外

影子、内阁，泡沫燃烧的烟火
村子里的小道探出脑袋
风筝管不住自己的嘴
有一个褴褛的路人
我并不知道他的名字

"去哪儿？"
"去王平安路。"

平安
王平安举起平安的帽子

回家

时间从来不会撒谎
我已经忘记回家的日子
柜子里的页码生活复杂
保温杯的血管不干不净
椅子被踩在废物里
我的身体劈成两半
一半给了左夜
一半给了右月
我说
我可以听见森林的心跳
背对黎明，生长

桌子

它承载了我所有的一切
诗歌、心理、小说、杂学
我答应给它们一个家
就在那个精心装潢的地方
每一层、每一本，都有我的名字
被沙漏遗忘的日期
无论它是否衰老、低沉
甚至，我不会去翻开
我们曾经的过往
但它们依然存在，错位时空

可是，你呢
那年的嫁衣，脏了

椅子

我更喜欢无规则的姿态

坐、靠、倚

平均的心房经过这里

我贪恋仰面的酣睡

成熟的杯盏耐心等候

侧过身的窗外

那是大自然的馈赠

我思考一个又一个的命题

无人领取的项链

失落在人海

请离开舒适的羊群

狼来了

插排

我一般用的有六个"子"
但需要排兵布阵
合理调配
大小，方向
我像是一个将军

午后
小雨转晴，驼背的杨柳上
麻雀贪食雨露
透过阑珊，思绪早已出走
凉水使我清醒
钟表上
倒计我们分别的日子

摆件

我很少去触碰它们
除非打扫卫生的时候
有人发出称赞的时候
我都会小心翼翼地把它们拿在手里
然后重新放回原位
归于平静

我答应它们有一天会去看海
在沙滩上
虽然它们漂洋过海来到我的身边
虽然它们或许见过更好的山巅
出自更广袤的繁城
可我听到钟鼓般的心声

我开口承诺
你应声附和
就像与我对唱的
姑娘

最后的成熟在人间

我的书架上再也找不到
那本缺口的旧书了

果子掉牙了
橱窗上的卡口碎了
我不喜欢告别的乌鸦
吐出几块碎骨
就想成为大人

梦与火

黑夜
香薰湿润了空气
耳床接纳困惑的肉体
我的爱情
共寝在深蓝色的海绵下

时间湍急
我被赶往一处处的场景
火与生命的交织
我的脚步不服从指令
与战栗在博弈
钟鼓，黑夜否认
一个士兵的蜕变

收队了
狼藉的残骸排队登记

青铜杯

我愿比作天
当浓烈与思绪纠缠
这杯若有若无的苦感
对望亘古
何必去谈书本上的说辞
那只是被删去的筹码
如果你愿意等
不用问时辰
如若当时，如果彼时
我也不知那段
鸿门，你却说是家宴
那我便来

推杯换盏
你，可愿等啊！

废墟上的青草

我出生在荒古
所有一切以我之名
所有一切以我为生
说客撰写了有关于我的一切
世人笑之，世人奉之
他们画下名叫图腾的生物
可却从未低下头
我也不需要
后来，寮古遗迹
他们自圆其说
赋予想要的一切
可他们从不低头，那一抹青绿

我的脚面缺了一块口子
哗啦啦
迎接新的生命

浮生如寄

我有描绘无数的盛世浓妆
碑文有感,一二三四
青草拔出的年岁敬过往
打霜的孤陋山高水长
奔跑无法唤起我的伪装
荒唐说着沙哑的理智
那间屋子不再做皇帝的新装
借出的坎坷,抵不过人间暖阳
我兜着圈子,时间兜着我
反复临摹临别的黄昏
被承认的生活升起的两人
捡起大地的沟壑,续写

那夜,丢盔卸甲
寻一味苦等

窑变

它本就是一个异类
火花也挡不住它的生长
在刀的注视下诡变
途径，不满的洗礼
我不否认它是我的次子
在暴雨的前夜
说书的在门外瑟瑟发抖
不被认定的是对神明的空谈
道之路，行走在亘古的长河
它试图改变，试图遗忘

那便再等等
且看门外的书生
是何等生物

一截良木

有一些夸大的层次
倒退了千年
当我再去翻看，爬出
那些密密麻麻的文字
不需要解读
那本是我手边坠落的尘子
带着光辉，下界
可终究浮云本就蹉跎
舍利也要历经劫难
何况一截良木

三界
生而向往

风的肉身

如果手里有一把弓箭
我会成为一只精灵
如果手里有一把战斧
我会成为一个勇士
可是我的手里空空如也
磨碎了思想
大军降临
影子从怀里拔地而起
靠近名叫风的国度
我双目失明
从未痛恨感官如此清晰
试探性地拥抱
猜想
你的前世今生

头颅

我捡到一个容器
把它安放在脖子上
也不管是否匹配

沉甸甸的
走过了一生

躯干

造物主是如何挑选的
一针一线
还是那个被称为母亲的女人
为何我如此断定
我想看看
却只看到了天

四肢

直立行走
我要夸赞山顶的那些老家伙
究竟是谁开了窍
又是谁第一个站起
是否像我一样
对世间指指点点

奇谈

烧一壶酒
加点花生米
膝下有几个小家伙
半眯着眼
偶尔高亢，偶尔低沉

我想
这是期待的模样

半截黄土

离半截还差一半
书房已装不下计划
往前一步
再往前一步
扎根的是看不见的碑文

我
诚惶诚恐

禅定

也并非大意
入门即是入定
不可低语，不可张望

我把风暴按住在器皿里
一动，成佛
不动，入魔

器皿

荒原长满枯草
暂停键
这里不需要殖民者
牛羊才是这片荒芜的主宰
坑坑洼洼的

某天
那里成了一片森林

闲者

乌云弄疼了蓝天
掉下几滴眼泪
乌鸦在为将死的骆驼祈福
它在想丰收的庄稼
还是枯败的姑娘

鲜嫩的苹果
比不过村落的夜晚
氧化

琲瓃

下雨了
又向前走了一步
石头撑起了天
风带来了窗口
探了探头
生命向前，如果假设一个终点
那先摆放一个起点
如果，沿路璀璨
如果，道路崎岖

但，不枉人间客
抄一介布衣
读盛世繁华

涌

书上说
我们猫着身子去往另一处
掌心的纹路筹划臆想
风决定要走
怀旧不会停留
斑驳，村落里的老人

偶尔闯进几道孤影
面朝黄土，背朝天

秋分

清晨的着装有些单薄
风是原动力
推动心中的火抵达
南国的果糖浸在画里
如果尘间可以触碰
如果我的影子是个画家
渲染，名叫浓情的腔调
我会把整个版面还给大地
赤脚追逐少年的背影
跌跌撞撞
敲响
第三时间

棋盘

落子
当无悔

战沙场
无声的硝烟弥漫
唯一不变的是瞬息的变化
局为人算，人为心动
气沉、心稳
滔滔江河不过镜中画
执笔、钟落
恍回首，不过一介载体

棋子

"啪嗒"
我的生命在复苏
杀机、沉厚
我们步步为营，纠缠
只待那一刻落子

混战是最原始的冲击
不为听说，不为假设
我的瞳孔里浸满鲜血
我的故事昙花一现

那夜
村庄里只剩几碗浓汤

归

似习惯南国的椰城
我快不认识镜子里的人
神态、体貌
玻璃磕碎了一地
地图上没有指名道姓
那夜的陈词背上狼藉远行
离乡，在吹过秋雨的夜晚
在微醺的午后
那个小房间的东西震得生疼
我自甘自愿
品尝片刻孤寂

出山

我撞翻了一个开头
山谷洒满了酒
偶尔清沥，偶尔怀疑
反面装饰了包容
那一抹光，多了份枷锁
我被劝退半步
休憩在一指天涯
食粮尚还可口
潜藏，云之间

置身事外

枯坐的古树教诲
颤颤巍巍的神灵
画笔下的众生百态
非木偶戏，非尘埃之上
或许会被赠予一个名字
苍凉挑拨我与凡尘的关系
是非、对错，不妄想
时间总会从废雨中摘出来
亭亭玉立
不染

微醺

太久了
只有沉痛的音节撞击
白炽灯睁着灰白色
生冷把昨夜拎出
归还那个你爱的远方
才懵懂记得
花儿落在广场中央
抓不了，是落寞的雨水
也不过是模糊了视线
别错怪
酒过三巡的身边
是新人

那个自己

情绪在分饰
不在乎你的过往
废墟多了一个行走的机器
撞撞枯井，点点新泥
蹉跎半生寻觅
那个自己
几个甲子才能自渡
炊烟小镇躲过了喧嚣
还有燃尽红尘的冲动

烟雨入江南

打了声招呼
与烟雨的相逢
青瓦泪滴
差人路过白马寺
如果换一个身份
如果眼里的天空不再塌陷

如果
好久不见

脱落

时间正在空想
雷鸣撞破了面纱
碎了一地的是中年的影子
怀疑者呆愣
不知何等身份告别
算了时辰么
正巧经过的时候
还是你不忍离别，却无法抵挡
黑夜的腐蚀

最后，我捡起你
遗失在落日的长流

恻隐

万物之中孕育无数的粒子
粒子的组成部分是名字
熟悉的、陌生的、沉沦的
莫过于书桌的一本流芳百世
狭小的夹层俘获尘土
人们托举左肩上的神明
否认一位衣衫褴褛的画家
大桥、云端——当长河不再沸腾
当背负的疼痛弯下脊梁
那条零碎小巷
冰糖葫芦，八角钱一个

更迭

已走过小半剧场
戏里戏外提醒
最后闭幕的悼词
有个角落枯寂
人们妄图沟通虚无
转场后的阳光正好
披上一件外衣
生活

过目即忘

痒，能止渴
关于所有的一切成为荒芜
关于坠落凡尘的无字天书

雕刻，沙画烫金的纹落
当世界的花朵在画家眼里绽放
当东方记忆破晓——刹那间

烟柳人家，桥边的过客等候
一个雪白的书生

孤岛

一本书里，有一个顿点
一幅画里，有一个落点

从书里走进画卷，当文字具象化
我终究开始远行，一个山寨的借口

上了灰的夹层，擦拭，我摘下老花镜
不想看到那细密的皱纹。
等某天，我只是我，我会去到怒江
去到一座还未燃烧的孤岛。

黄昏煮酒

嘈杂、热烈、转而静默
搬来的不是电台，是晃荡的低音
霓虹下的沉醉，去追寻记忆的朦胧

添些柴，火苗控制着情绪
扭动的舞姿似奔放的舞者，烧红了脸
并非独自一人，握紧想随风而去的信笺
一字一顿，似火种，那垂钓暮色的斗笠
当黑夜交替的瞬间，当那壶炙热挥洒，
我愿摘下漫天星辰中的一颗……
可惜，我说的都是醉话……煮酒……论

身披星光的人

偶尔的促膝长谈
念叨的，是你的名字

生活的迹象化是绿皮火车
确认了终点，链条是爱情的温暖
拽动着我们，无论刮风或是暴雪

点上一枚茶灯，接续我的告白
那晚的深渊，凝视最后的"挣扎"

节点，木檐下的身影
我见到了，哪怕，伤痕累累

耳语

暴雨后的呢喃，落雨是青涩的
虚掩的铜铃，忘了提醒
春色莽撞，红了樱桃的木架在等

清晨，枝头叶下的晨露捉弄
憨厚的石缸，暴雨赋予他沉稳的个性
不为谁所波动，可他还少，少一半的灵魂
重物成了恒古的话题，被遗弃在角落

暴雨后的清晨，晨露雀跃地拥抱
憨厚的石缸，嘀嗒，嘀嗒……

她的天空永远不会掉下来

撕去所有的草稿
才发现，文落牵引着光
就在那个地方
禁锢了，成为一本手抄本

时间给出了身份定位
不会离开的影子
是最好的选择
所有的冲动化为沉默

当下的发生总在提醒
到站了
可是，平行时空另一个我啊
正因为不能，才如鲠在喉

我会做到的，一定会。

（万宇轩摄）

第 三 辑

浮生寻行

FU SHENG
XUN XING

海之蓝

浸润了上千年，自然在磨合
大风耸立于云端，错综的土壤
写信给深海，把我包裹成爱的模样

试着拥抱遥远的气息
聆听海的声音，敲打着
地平线破晓的时间

当光俯视大地，将我举过头顶
透过橱窗的清澈，与海平面碰撞
火种依然在燃烧

请放下盔甲，走近山海
让奇妙的孕育，诞生驻足的生命
请让我听见他来自远方的呼唤
让呼唤，定格在光线里

惊蛰

我游历万古
那个被封印千载的老头
麻烦让一让，僵硬的枯手询问
很抱歉，这是二十一世纪的船
春雷心动，剥开藏匿的茧
堆积的红色抬头，是掐断的缆线
梦境在渗透，假象模仿历史
沉厚的战歌呼唤我，怒目
遍地沙野的席位
立旗

黄昏

黎明起立

南山后院疏导

隔壁娶进门的花骨朵

旁人听说

喜剧之王身边的大叔

留下最后的告别

那个总是"无关紧要"的小人物

卸下一生的表演

跳过片尾,幻想

属于你的荧幕

放肆大笑

中药

取一份良药
就丢在世俗的钟表里
火种不是恩赐
东方，智慧的结晶
左手与右手的接壤
流传百世的偏方
还差一味
我们的肩膀压着小火
煎熬

婚姻

游人说它是大山
不归客说它是枷锁
薄情郎说它是摆设
而我不一样
她是图画里的一座山
被粗壮的枷锁铐牢
供奉在油灯上
步步煎熬

寂静的背面

它不发一言
内饰的空洞不似磐石
少年的笔尖不曾稀薄
枯寂的痛感想要唤醒
如果崇尚的
是温柔的假面
南山想断了方寸
不忍一言

晨起

我想把闹钟调得晚一点
希望沉睡的面庞多一些安宁
当抬头看向不断衰减的数字
当我们只有两点一线的时候
时间
只是与我较劲的笨小孩

"距离高考的时间只剩下……"
我看到你们沉默地刷题
漂亮的女孩放下心爱的镜子
你们知道那道独木桥很深沉
时间
只是与我共谋的同行者

我守望清晨的教室
孤零零的一盏敲打心房
我举步维艰，不忍打扰
只能手捧经书，与之长伴

嘿，记住

请勇往直前
我会陪你们一起走过
峥嵘岁月

百天

我不知
倒挂的数字
会不会心疼赶早的人

黑幕里在得过且过
我是半自律的洗夜人
结局虽不可模仿
但我的苍穹一样坚定

书籍把我安放
蒙上厚厚的灰

迁徙

我穿过万水千山
栖息地是驿站
补给是丰满的羽翼
路难平，情难忆

恍惚间
我成为扶摇而上的剑柄
量身定做的托盘
雨中效仿的是上山人

说到底
山，不过是个载体
你，又是何人？

探路

光
穿透过未知
成长只是前来的措辞
雪地送来发言稿
审读年轻的灰色
我不是小说家
只是一个肮脏的写手

断断续续
推测
无尽的虚妄

线

我认识一条胡同
琐碎的石子在安排
黎明挑唆虚伪
隔壁女孩售卖
半瓶涂改液

请不要拨打背面
课本上雕琢重点、次重点
黑夜拐卖灯火
我躲在镜子里弹奏
炙热的我

渡

马儿想吃草
西行那个和尚成了神话
从来只有我一个人
抱着尘世，走进末日

偶遇
有一个穿着怪异的男子
他说师徒四人
不是
白马非马

他似发现新大陆一样
执意
为我拍照

牵手

背过身去
在山海掠过尘世的痛楚
无关我的，请不要指证
我从不怀疑如果当时
就把黄昏扔进胡同里，浸泡
远方的海子曾说过
总会有一个爱人

侧过身去

在烈日下寻觅一味苦药
郎中是堆满的书籍
角落里藏匿着只言片语
呢喃的钟声应和
一个未署名的写手
他的手边没有稿纸

我是黑夜剩下的空缺
或者是
男孩虚构的天秤
我陪了好几个年头了
直到
一道光亲近而温暖
直到
我的眼睛厌倦了黑暗

你是谁家的故人
我是谁家的衣裳

尽头

我喜欢其中的寓意
他似走远
又或是向我走来
这不重要
我欣赏
这难得的空灵

我选择靠边的窗户
模仿
一个不认识的画家
一次又一次地洗脱灾难
学习
逢场作戏的画中人

同桌

我有件与你一样的衣服
你有时会遗漏什么
我与铃声赛跑
把它披在落日的矮墙里

我有个与你一样的时间表
我有时会遗忘什么
你踩着余晖
任性地站在我身旁

我收到一张图画
陪伴
同桌的你

罗布泊

点燃火把，该回家了
也有过欢颜，风华也曾驻扎过这里
甚至我依稀可以捕捉到他们痕迹
伙伴们带着工具，临摹
可惜我们没有一千双眼睛，熬不过
苍茫的雄鹰，镜子里的自己肯定到

不过，我们该回家了

或许，我无法带走什么
还好，我并未留下什么

月出东山

那里有模糊的镜像

站在她的面前，凝望

似古人，似来者

她似惊鸿一瞥，立于人世间

没有任何的保留

滋养黑寂的夜

——如梦初醒

画卷里的白月光啊

铭刻在我的胸膛

愿成为林间的樵夫

如影相随

立夏

又一年
老树垂落的手臂
第五个年头了
新闻播报是持续降温、降雨
我捡起肮脏的落叶
更改，风的私念

萌芽
我倒数着时间
听取来自远方的意见
涂鸦的座位号
我存续的场景

空荡的房间里
钥匙，抹上了黑

影子记事

弄堂、街角，一朵花立在枝头
黑色的姑娘游戏，无人问津
称作生命的光，剪辑成一个缩影
像被装进漆黑的镜子，浮沉
偶尔踢踏、偶尔重逢

多希望你偶尔驻足的时候
可以知道，我依然
陪在你的身边

窗外的牧场

下雨了，细节数着台阶
影子被丢在旁边
书桌上的门第倡导
一个满心欢喜的名字

我把腿从云端里拔起
沉重的脚印捕捉在余晖里
扎进牧场的清澈，是我的眼睛
可我却愈走愈远，被众人
遗忘

木棉花

这个季节，还未盛开
山农裤腰带别着带刺的绣布
有的时候会带上顽童
有时候却把后背丢给黄土
老人说盛开的时候漫山遍野
我没有见过，总是提前几天先走
母亲叮嘱我天冷加衣
可扁担，心系深山里那个男人
大山的信笺到了县城
快放假了
我捧着枯涩的花瓣，取暖

梯田

从秋黄到黎明，土地拔出花甲
壮丁响应了征田，带上女人的信件
装进风的口袋，追赶鱼的记忆
老人搬来山河，一撇一捺
赋予创造的字体，孩子欢笑间的津津乐道
赶在回家路，吆喝山歌，寻着

从北海到南门，落阳开在树梢上
十几岁的蝉鸣疯跑，摔倒在花蜜里
数着天上的糖果，那时的我们
却已成追忆

开场白

推开窗，不管回忆的汹涌
个体之间的羁绊从不会单一
点开专属曲目，最后一页
有些许陌生，捕捉不到那时的情感
就像事不关己的纪录片，字眼如标点那般沉闷

我的脚步会停顿，不否认那一抹深情
如果有人会为你撑伞，请不要继续等
支票的空白随意涂鸦，不及你浅笑入怀
恍若初梦，那个不懂事的少年
若来到你的城市，那就好久不见

立春

等一阵风来
柳儿击碎语言，石柱成为
广场上唯一的焦点

生活手册里，朝阳落草
转向后的开头，船舶与我有过约定
就像当时一样

可我依然是圆规之中，点
雪山，也陡然失色

新海

从赣南到南国
四个年头，对岸是阿姐手里的水管
流动南渡江拥抱生活百态

过往的人群是夜晚的路灯
光，不接受黑夜的筹码
爸妈回来了，拎着水果和土鸡

我看着镜子里的男人
忘记从几岁开始
墙壁上的刻痕不再向上增长

新年赋

从村落走出去
在同一个节点，归心似箭
赶早的海峡，风，炙热的回响

鼓点敲打着新春
一千多公里日夜长廊，通往
家的方向

晚上拨通好几个电话
日历上的青春磕磕碰碰
赶早的列车追逐村口的篝火

一块易碎的石头

裁缝在上面缝缝补补
点上一根敬畏

蒲公英路过
贴上一张离别的车票
票根留在夹层里，锁进黑暗
还有一个印章，记得在某天
我从你手中接过，未归还
躯体并非不近人情的石头
但拖着胸口的坚硬，步伐沉重

我的故事早已起了皱褶
裁缝在上面缝缝补补
告诫我，要轻拿轻放，不宜激动

指证

写在第三段文字里
藏有，我的视线

步履是量尺，末梢上的泪
酿进苦雨里的戛然而止

轻轻地抬，轻轻地放
回避显得刻意，烟花绽放的瞬间
落下，是与否

想你了

我想，你的声音了
急促中停顿的风景，暗了纹理
晚风招了招手，空旷的广场写满了斑驳
撞身，在木棉花海

我，想念花海中那道身影

捕捉她的身姿，我成为那道闪电
奔袭在红旗之前，呐喊
雄烈的军号，与之共舞，花落
我想，你的声音了

荷家

我降低了纬度
把品种贴上序列
我需要它们一起来感同身受
生命在提取
偶然盛开、偶尔破败
落足，蝴蝶擦了擦眼睛
丫头在嬉戏
江南小雨，暗了河床上的姑娘
未想过人间的初遇碰上菩提
采摘一朵捧在尘间
一步一回头，一步一神往

我把目光收回
温度在那些名字上流转

光与影的细节

点灯，我在黑夜之外
述说光下的餐盘

空位还在回味微醺
她往里挪了挪，在热恋之后

凳子来不及发出声响
成了固定玩具

熄了灯，模糊的光影在等
一个来自远方的召唤

目光所至

通感，沿着山川，顺着四季
落日向前奔跑，炊烟是起点

林间沉暮，勾起烟火
赶集的车队藏身于雪景，任雪
卸下一件件手工艺品
手鼓，是孩子不小心掉在车里的玩具
它现在安静地躺在大地的怀里

书的章节，回暖
雪地里的生灵，如孩童
敲打手鼓

秋风吹着草原

地图转凉了，尤其是山的对面
跋涉在青绿之间，说服每一朵格桑花
当赶上草原盛会，姑娘定会奉上
烫手的酥油茶、马奶酒
我最中意的是在落日余晖中的赛马
时间不用太长，就在阿肯弹唱之前
古岩画里藏着青铜时期的爱情
就像画卷中的我们，秋风里的画家
我只记得他偏远而模糊的身影
他酒量很大，喜欢搂着大树放声歌唱

晨音

感官给了一个重击
黄昏折射下的光，清冷
风是抗拒的，迎面而来是方向

归途抑或是远行
路的尽头没有花朵
风是随性的，偶尔初遇那繁花

她只是一个莽撞的弧线
我前行的速度刚好落在那个点
某个清晨，我牵着唯一
山落的梵光砸出一声声重音

听风

有一个匣子，草原赋予生命
清晨和夜晚赠予故事
有一朵棉花红晕了脸颊
躲避热情的黄昏，我知道
在辽阔的深巷镌刻着美丽的神话

牧羊人的一生都在与时间为伴
铃铛拖着落日，奏响黑夜的开幕曲

叶脉上的纹路

走进黑夜的章节，月亮是幽暗的灯
月光落在稻穗上，落在风吹起的裙摆上
她送给我一个书签，秋色的枫叶
她说，秋色最苦，思念是重物
却非枷锁，透过脉络，落在我们的脸上
沿河的石凳不知有多少情丝萦绕
散了吧，大理石早已麻木不仁
有一朵芳草掉落，鲜艳且勇敢

寨上明月

回来了，老兵
山的这头奔袭到山的那头

动作有些生疏了，擦拭
老伙计，你的编号看不清了
排房推倒重建，哨台，夸张的黑
蒲公英落在夜里，那里有我的字

这里已没有熟悉的名字
番号下，是新的守望者
明月遮掩，似她
他背对故乡，成为那道孤景

草木的呼吸

在草原里摆出一个大字
身后，是无际的森林
白天热烈，我是唯一的香客
那几块光滑的岩石，炙热

入夜，天空睁开了眼睛
如果这里有一片湖泊，那一定
是一个杰出的临摹家
萤火虫打起了灯，下雨了

大地，又往上拔高了一寸

在黎明前醒来

对夜的恐惧源于黑
铺天盖地的黑
陌生敲打着幼小的情绪
婴儿止不住地哭

长大了，导航三十多千米
需要提前出发，时间是美丽的姑娘
不会停下等待憨厚的理由
青年关了闹钟，直视空旷的黑

十分钟后
一束光，刺破黎明前的黑暗

行走的大山

回头看看
在手机里、在记忆里
在一切统称为家的地方
我的呼喊，二老在应答

我是一棵蒲公英
历史的鞭策使我随风飘摇
一路有雨、有震雷
有一切不可名状之物

我无惧，因身后那座大山
扛下，风风雨雨
我多想，去山的背面
触碰，累累伤痕

游离之物

发音，是自然撞击深渊的回响
那里只有神明，只有顶天立地的男人
高举的锋芒与皓阳争晖——

孩童关上山海，窗外是腾空的绝唱
底盘依附着篝火，比铁锯撕扯更
令人生畏，它有一双树立起的青灯
孩童笃定地告诉砍柴回来的男人

门外的风，厚重
像是找不到家的黑熊
篝火里的青灯与男人影子重叠在一起
成为孩子画板上锐利的涂鸦

斯卡布罗集市

从这里出发，漂泊数十天
才能打开欧芹和鼠尾草，可是
我想做的第一件事是拉上窗帘
叔伯们搬重物的声音敲打落日
总有几个光膀子的胡荏男人来帮忙
健硕的臂膀沾满细密的汗珠
小伙伴在一旁看得真切，就像
我第一次来的时候一样
被窝里的思绪已飘到了码头
今晚的篝火一定很美，我知道
那里有迷迭香和百里香。

报纸

落阳下的余晖，透过橱窗
摇椅上的身影是孤独的
是她增添了颜色，若是剩余一场空

漫长的文字多于条理下的沉沦
偶尔她也失约，黑夜是冲锋的号角
嘎吱～嘎吱～是谁在撰取精神之火
老旧的质感叠成高山，在乡间的角落

山林间的歌唱家，老人伴着曲调
借着油灯，寻人启事

纸上怀想

冷冽拉着旧黄把天际掩藏
梦中醒，拉开窗帘的天象
暴雨和狂风追逐，幸好出门关了门窗

天黑得快，壁灯分割夜的侵蚀
停顿的笔仿若断线的木偶，搭在窄口处

各方拼凑的方桌，偶尔分神，偶尔困倦
伤痕时常加码，发出尖锐，每当这时
我会弯腰添加不知名形状物体，巩固
初者的稳定地位，专门查了一些资料
它们称之为楷案木，撑起一个书生的纸上怀想

与时光背靠背

推开重物，一个生长的轨道
在四季更迭之中不断向前
沿着山野，它想要放声歌唱
陪伴的还有一条溪流，敲打着旋律

落阳和矮木，从山野中跑出的孩子
辽阔的气息逐渐拉远了距离
矮木停滞不前，它的根茎已病入膏肓
落阳的余晖挂在黑夜的肩膀

几万公里后的某天
一处荒野，时光没有停顿……

蝉翼

从远山到近水，落在谷点里的回音空明
煽动的风迎接每一次远行，相随
它会是阻力，会是跳舞的精灵，它被
冠以五彩斑斓的名字，它从不离去

我几乎忘却它的存在，似我的双臂
我的双腿，我每一次思维的运转后的一切
从未想过某天，它会脱落，会远离……

它，有些单薄了，有些斑驳了
风雨见证，我换上了支架，崭新且有力

何处箫声

在第一千封信笺上，慵懒的阳光
如约而至，秋叶有些落寞
没有与风告别，摇摇晃晃，走了半个世纪

有马车经过这里，进山是探险家的目的
后院的井，快要填满。

这次的驻足有所不同，燃一壶粗茶
她的名字犹如银河一般的漫长
在很多年后，只记得不同于黑沙的白

分别时
她的轿子两旁摇曳着铃铛，带走了风
也带走了墙壁上的装饰，由浓而淡的茶雾
模糊了我的双眼，她未走，它还在

芦苇上的白月光

其实也没几年光景，我也只是
尘埃中的一部分，蓝色的书包早已遗失
装着二十多岁正在奔袭的背囊，沿途
不止有随风摇曳的芦苇，也有椰树
也有靠近家乡的大雪，唯独忘了那道蓝巷
向前延伸数十米，我会迷路
岔路的巷弄虚掩数户人家，十几岁的他
踌躇在失意的长河，退回入口，等待

在枯燥的小镇，从不缺乏烟火
在那一刻，那一段时光，繁华落三千

浮木

终有一天，我会沉睡在海底童话
或者，与一个缺口共度余生

从何处来？你想成为什么
我忘记是被谁给遗弃
作为一根浮木，没有爱情
更没有成为苍天巨树的事业心
至于去哪里，我更喜欢小溪

她温柔，爱抚，清洗我的疲惫
可惜，她不需要一个浮木
她把我推送给了江河
那个一生都在冲锋的"男人"

大海是最深沉的学者
可我不喜欢他，因为我见过
他摘下眼镜的模样

他说我是空心的，
是闪烁在阳光下的金子

狂想录

第六个加油站

我不敢关灯

我以为我的心无比坚硬

突然发现，我什么也带不走
所以只能把习惯扔在黑暗里挣扎

找你的清晨，真冷呀

如果无感，何来遗憾

地铁的轰鸣

这里的天开得太晚了

我不喜欢喝美式
但它和你一样，来自灵魂的滋养

所以，故事的结局
从来都不是完美的

你讨厌的，是我这辈子的光

因我而起，请因我而终

偏执的背后是我对命运的抗争

点亮世界我没有兴趣
我只是那盏烛火，努力照亮你前进的路

克制，从未停止

自语的人，更像是一个疯子，理智在晚上十点正式接岗

那些真实是想象不出来的

每一步都疼
可能是有坚持的目的

忍这个字，是用刃割着心
是胸口堵住的那道墙，步履维艰。

祝我们重生，祝我们依旧是昨天的太阳

祝我们光明，祝我们依旧是昨天的灵魂

措辞在此刻像是一个笑话
那个灵魂照着镜子
枯叶不同于花瓣，为何沉默

收拾行囊
就像把属于我们的记忆
找个地方安放

我会成为你的影子
请不要低头

第
四
辑

天涯海角

TIAN YA
HAI JIAO

琼游记

1

天空落下威严，审视来访者
后人是我，和所有的少年郎一样
把石头放在双手上，撑起历史的大门
从后记、卷宗里找到星河相会的转盘
我们来了，南海青天，华夏之魂！

青石阶敲打海的方向，拂过时间的定格
我停立在你的书斋，想从牌匾上与你深论
握着奏折的双手，依然坚定
肌肤的每一道纹理，都刻着你的名字和信仰
海瑞，你带我走过这段长廊，那里的名字，雷声滚滚
西门豹、赵广汉、狄仁杰、徐有功……
两袖清风，我站在红色的大地上，铭记一生

2

我是大海的孩子，熟读《五指参天》
隔岸是我的亲人，那里有我们共同的名字
丘文庄前，落叶的脚步背上庄严
跨越，我低头填上门前的故事

大海带着无畏的情怀，跟众人一起
寻觅石间的记忆，树根、磨盘
藏书石室里，那篇海的故事去哪了？
我抚摸着历史的纹理，百年、千年以后
有位学者，恍若隔世

3
我接过先辈们手里的钢枪，戍守在遥远的礁岛
华夏土地上刻着你的名字，你的故事
站在这里，我和你一样
和这座城市，这座村庄挺直脊梁
红旗飘扬的地方，是我们追寻的方向

我站在历史的中心
面见我的先辈们，天闭上了双眼
雨，落下来了
塔昌，我是你们的后人，我来了
在这片红色的大地上，接过你们的一生
和所有的战士们一样

4
离别的大巴上，时间沉默不语
我成为那位孤勇者，旁听
脸颊微红的落日，笑着花落、花开
广场之上的旗帜是我追随的方向

那里有我的祖国、我的事业
每一次落笔都是使命
一笔一画皆是重托！

徜徉在历史的长河翻阅古今
琼州，指针向南，椰林的果实饱满
哺育，大海给予温暖的怀抱，我不曾一次提及
那个落日，那朵晚霞

我听见下雨的声音
老人们说
红色的种子，生根发芽

注释：《五指参天》据说是丘濬 12 岁时所写的七律诗。

骑楼老街 〔孙沈泽摄〕

霸王岭

这是我的故里
栖息的是丛林的兄弟
我的兄弟
老人们分不清是谁的嘶吼
我是这一场战役的见证者
谁黯然离场，谁称霸为王
纷争是自然的法则

它冲着黑夜，展露獠牙
我的背后
是鲜红的旗帜

张岳崧故居

退后一步
给时代留下空间
滚烫的齿轮不曾怠慢
历史的沟壑
驻足，弯腰
是否听闻
探花郎的一生

张岳崧故居 （孙浣 摄）

七仙岭

看山，停留在八百米的风景
想返回瑶池，七仙降下甘露
似无关，空落的下山
脚下的慌乱，闯进在雨落花下

来自何处，为何撑起那把油纸伞
山石惊了涟漪，蒲扇托着善意抚平
雨中画卷，我们各自远去
交会的轨迹定格在某个角落

朋友曾提起过你
撑着油纸伞，并肩的
那个女孩

西洲书院

赴约而来，立于庭落
我只是多年以后的路人
那些破旧的文字、熟睡的尘埃

他的背影依然深厚

后人取水，夜晚的蝉鸣背诵
竹根井写下铭志
若恩泽是前人的高瞻远瞩
那修行则是我摸索一生的路

西洲书院 （孙远峰 摄）

丘濬故居

如果，我想去看看
承载学子的金屋
有的破旧，有的瘦弱
不知是否留名，或者一封残卷
在树下的你是否悠然
藏书阁的门槛没有斗米
草鞋的向往是山外，赶考的书生

醒木拍桌
我惊醒在会场之中
手里沉甸甸的
是谁递过来的
《大学衍义补》

祖武相承可继堂

家声久著舟阳境

丘濬故居 （孙瑞灼摄）

171

神玉岛

由一个阶段
步行到下一个阶段
凑近欲望，询问布袋和尚
星星点点追逐，二十多年的斑驳

穿过长廊，有桃花落目
露亭，山风，远处的铃铛笑语
夸赞萍水相逢，若相忘岛屿
悠悠南下，知友隐于神玉之间

一壶、一盏、一棋局
留有余香

神玉岛 〔孙宛峰摄〕

海岸一号

她赋予我新的视角
在一处南国高地
风是甜的
是谁在我的身边加了些糖分
骑行道上不止有擦肩
海之南缩短我们的距离
我策划着我们的未来
安静，甜美
去踏寻崭新的足印
赋予我爱你的故事

平凡之路

延边的雕塑

川流的人群

我把我的右手边让了出来

那是我庇护的风港

环岛的公里数值得我们探索

每一次短暂的相拥

每一回的挥手离别

手掌所握的黎明就在前方

我琢磨每一瞬的卡点

在充满爱的平凡之路上

每一篇手稿

都是爱你的颜色

海瑞文化公园

我，走完了你的一生
每一次的眺望都是一场大雨
巨石砸落，写下铮铮铁骨
你的名字在这片大地上犹如磐石
后辈耳熟能详，你的旷世之举

若无痕，何来山河岁月
我只有抱着卷书
悠悠长叹

海水的一生

涨潮了，看见了久违的姑娘
他最雄壮的一面，借助着礁石
去迎接独属于这一刻的欢呼声

她在人群之中，目光闪烁
阳光如重锤，分不清是落雨
还是泪水，与礁石交响出的梵音

童话里闯进一个自我的五感
他似猎人，他是赶海人

母瑞山

"还有几发子弹？"
"还有多少粮食？"
烈日多了份火种，扛在肩膀上
疤痕，撕碎那些名字
担子沉了些，可是这里没有雪

多久了，本子上的正字结成网
燃烧，星星之火

德海行舟
DE HAI
XING
ZHOU

尖石岭

你是大地的符号

陈旧的书籍在呼唤
刻在石碑上的老伙计

月亮遮住半张脸，装饰我的黑衣
那个沧桑的时间，满脸皱纹的老井
递上一片叶子，勃勃生机

壁墙上的灰，谷雨的脚步匆匆
抽旱烟的男人，停下追溯

冼夫人纪念馆

我看过上百的篇章
赞叹，你的一生
冲破栅栏，浩瀚群岛的云端
不似佛陀，不曾虚妄
回到新坡故里，百年后的今天
有人讲授，有人聆听
孩儿从远方跑来，老人
在黄昏树下，旱烟有了形状

冼夫人纪念馆 〔孙流泽摄〕

吴典故居

从阳光岛出发，我跨进那道门
门前左为碑，右为牌
安静地望着，偶尔的热闹
讲解书本之外

并未太过深入，阿婆身体健朗
不知是否提前告知她
我们前来与先生对话，试图拨通
那夜的路

身后有小孩询问，
姐姐笑道："未来，正追忆历史。"

吴典故居（谢晓丹摄）

东山岭

岭下
是我日夜守护的南海
镜子里是大地的名字
若问，若闻
那一段缺失的空白
老朽入山
潮音寺心念故里
你说峡谷蜿蜒
脚下执着却淡了几分

雨露为由
黑夜填进的柴火
不止

东山岭（孙流泽摄）

南丽湖

剥开，雾纱的窗口
闯入丽湖
林中有人家
湖里有一轮槽月
赶早的我们打开画板
温一壶热烈
泡一盏清幽

那一夜还在等
我们准备继续动身
放下装饰
画家需要欣赏

海南解放公园

七十多年的历史，我一路走来
探寻你们的丰功伟绩，向天伸了伸手
触碰，一张张灰暗的胶片
纪念馆的长廊，诉说着你们的一生
那高大的热血丰碑，是我们铭记的桥梁
那船形的纪念碑，高昂着船头、飘扬的旗帜
是你们三次强行登陆，不畏生死！
夜色，我的心脏如钟鼓，回应
敲击在礁石上的浪潮，伸出双手
用我平庸的一生，去捍卫我们的祖国

海南解放公园（孙光泽摄）

便文村

这里有一棵大榕树
边上有两块石头
琼崖独立纵队首次代表大会会址
中国少数民族特色村寨

山路很绕，它坐落在山里
水泥路崎岖，犹如一条白蛇盘踞
下雨了，海南的雨一阵阵的

一个是过去，一个是正在发生的故事
若有光，我将跋涉千里
若时不我待，我将负重前行
地图上的星火点点，那是红色的火炬
击碎黑暗的黎明，谱写华夏篇章

便文村 （裴漫玲摄）

琼山

她内敛，是青石板上擦肩而过的婉约
她把美好藏于心扉，沉默的好似游客
从海瑞故居到琼台书院，还记得时雨佳节
游子背着行囊，如赶考的书生

我错过了初见海岛的深情
顺着时间轴，慢慢走进她的视线，停顿
试图多一分了解，在藏身于巷弄的古楼

它的由来，是震雷的钟声
穿越时光的阶梯，成为一个标识
当来到这里，我们将停下脚步
当回到这里，我们将献上凯歌
当离开这里，我们会日夜思念

夜半细语，我撑着油纸伞
寻她，灯火阑珊处

琼台福地（魏威军摄）

185

旧州

去年，我回去了一次
记忆挖了一个坑，就像撕裂的白纸
提醒，属于这里的点点滴滴
一切都没有变，只是岗哨外多了两排路障
妻子没有下车，我站在营区之外
左边向山的路口，一群穿着迷彩的人
向着营区开始最后的冲刺
我让开了路，把我的青春重新捡了起来

海

时间堆积上了生活
棋上的士兵发起了冲锋
想要与山坡比肩

老旧的轮子嘎吱嘎吱
浮云倒栽跟头
跟那个喝醉酒的落日一样

孤独的 T 字成为海平线
脚印不在乎淹没
就像回忆是潦草的$\sqrt{3}$

四年

抉择，在每一次沉默之后
被无限放大

换了一张新卡，数字的开头
许下新的定义

推开这扇门，迎接
陌生的世界

黄斑

书籍内页起了疹子
想要清水擦拭

她带头寻找原因，杯底下
模糊了镜像
自此之后，我喜欢电子邮件
我怕
她看到我匆忙的文字
锈迹斑斑

如此相信

那一刻，我心血澎湃
身边，有父母、朋友、兄弟
还有可爱的她

音符达到最高点，我忘记了所有
望着她的背影，许下
庄重的诺言

我成了

我成了生活的搬运工
时间坐在听证席，它从来不点头
如同角落里的男人，手里的请帖滚烫
问题罗列进时间的空当，如果当时

我成了世间的空洞
机械化运行每一道程序，习惯
不容许差错，抬起的手臂放下

我成了冰川上的爬行者
但更想去拉萨，摘下那一枚执念
把它冲洗干净扔进黄河之下

同题

事物从题目中蹦出
落在白纸上，叫嚣着
一笔一画的涂鸦

钉子从人潮中掉落

它把背留给苍天
它把刺抱在怀里

世纪大桥

从龙昆南的方向
它顶天立地的身姿闯进视线

我更喜欢夜晚的相遇
最好，我只是一个乘客

借过初识的海风
扮演东坡居士
一声叹，一声笑

世纪大桥 （孙流举摄）

西岛

饭后聊天，是我带着妻子在母亲家中
说到往事，说到儿时，不知母亲想到何处
夺眶而出的泪水，擦拭
我记得是 10 岁那年，母亲说只有六七岁
那是第一次来海南，记忆如闪电，沉重如雷
只有保存在相册里的相片，印象深刻
那时候，母亲应该三十出头
那天，她独自一人在海边，号啕大哭

西岛 （万季轩摄）

鹿回头

那时，还没有蜈支洲岛
记不清的地名，只有那群白鸽盘旋
一块钱的谷粒是它们的口粮
我们从饲养者的手中购买，去喂
饲养者的鸽子——

我的童年成了一张张的相片

童年，在无数类似的画面中留存
母亲的习惯在默默延续
文字的印记在背面生长，记录时间
恍若当时，牙牙学语

母亲擦了擦眼角
喂鸽子的地方叫鹿回头

神州半岛—灯塔

租了两辆三轮电动车
风在为我们伴奏
此刻，我是一个音乐家
我朝着那个方向飞驰

去见一见，听一听大海的心跳
还有，她的身影
那是我们的蜜月之旅
有朋自远方来，风与白云作伴
临行的落雨为我们送行

赤脚与沙粒对垒，托举着我
与灯塔并肩，呼喊——
归行的车睁开双眼
暴雨后，风成了引航灯

神州半岛—灯塔 （德琦海）

黄昏

停在这里很久了，我不是他
画里，是黎明？还是黄昏
止步不前的流音，引动那把钥匙

"我回来了。"——
空落落的橱窗，叠放整齐的记忆
锁进收纳盒里，叹息
橘色的光，砸进了深渊

宋氏祖居

有一篇书稿
落在听阁，落在追随的步履中
敲开左心房，来不及擦拭
望向历史回廊的深邃

只等停笔的触感与风交汇
或许，还是来晚了些
在讲座钟鸣，在文墨的背后
是你的挂念牵引星星的方向

宋氏祖居 （孙泷泽摄）

铜鼓岭

蜿蜒的龙脊，呐喊
山风裹着思绪，扔下包袱

跌撞的落石，纵身一跃
当暖光凝聚在月亮海，在那过桥之下
空旷的风景在读写，似古人，似故人

礁石上，有一个古老的番号
我却只能看见，他们的背影

铜鼓岭（孙旋容摄）

立冬

我增添几行文字
存放在冬日的暖阳
赣南的老友
欣赏，刹那间距离

肩负
追寻诗的定所
前往心的住处
偶尔清冷，偶尔温凉

回音壁

择日花开
突闻远方小雪
那些被封存久远的晴天
敲开栅栏侍奉倒退的年华
退一步的那个人在等
张满夜的序章掠夺
被风吹过的名字
在某一处
修缮，左耳

灶台前的母亲

入夜
山空上偶尔传来鼓点
我一般称它为睡眠曲
父亲总与黑夜结伴
母亲总是对着柴火出神
桌上的手抄本是一针一线

老屋上了岁数
偶尔也与暴雨天赌气
灶台下是唯一的光

黑夜把我安排在避风港
雨水湿润
似母亲的目光
父亲回来了

回家

从我的方向出发
那就不是原路返回

后视镜里的童话没有终点
冷却液在轰鸣
倒退的街景是否跟我一样

快，慢
或许不再重要
有你的地方
就是我的方向

秋风起

没有多情的羞涩，跟往日一样
只是提前些许时辰，装扮镜子里的模样
老城的黎明总是伤感的，我是这么认为
否则为何不像夕阳一样，让我看见她的嫁妆
也许专注赶路，哪怕风捎来秋的味道

一天的流程按部就班，追逐朝阳的我起意
敬晚霞一杯酒，写在秋风的号角里
弯腰的田野铺垫，一个摇摆不定的赶路人
与风握手，无关任何的主动
在那背包夹层里，那本叫作生活的书
烧灼着看不见光点，牵引未知的支线……

一杯水的日常

琳琅的容器排列在货架上
在一家超市里，在一座城市里
在格陵兰岛的一家杂货店里
一张方正的便笺，写着出产地

源自是追溯的手段，沿着流程的细线
在所有物体诞生的初始，学类家面对的
一张薄如蝉翼的墙体，增添一些色彩吧
升腾的"远古"画面，记载"实"的故事
安排清扫的后世，斟酌伤痕累累石壁

世间拔地而起的设计，标注鹰的目光
泥潭生长出的我，出演未散场的话剧
喉咙干涸了，做客的熟水来自最大的海岛
这并不重要，只是在匆忙中随意的一瞥

绝非偶然

事实从不分辩，就像落笔的白纸
有的甚至加上钢印，郑重且有力

我不止一次去追溯，每次抉择
或者一次停顿，一次触动

在后续的时光会被动的，夸张的
撰写漫长的史书，看上去不痛不痒

披上慵懒的霓虹，流沙顺着云端坠落
化作星光点点，遮蔽那个固定方程式

大雪是完整的修辞

铺上，当作冬季的恩赐
除了蜗牛的肉体，其余的一切
覆盖一望无际的白铠，我们缩在里面
偶尔也会冲锋陷阵，无惧冷冽

骆驼一深一浅，风无能地咆哮
填满每一个缺口，或许
那不停歇的柔软才是制定者和先驱者
刹那间的意图，打造这一片的荒芜
呈现在画廊里的，白芒之中的昏黄
无名氏在末尾题词，完整的大雪

时光切片

成为一段又一段的故事
羊群领先一个世纪
头羊脖子悬挂着风的声音
一般以此判断牧羊人的心情

这是不太感冒的一天
若是没有阵雨的来临，我一定不会
写下这段文字，没有预兆的
黑夜突袭了视觉，留下停顿的步伐
观看一场洗礼。

古老的邮筒

城市的街道很少有它们的身影
人们把情绪、物品统统丢进驿站
而后把自己丢进生活的沼泽地
最后爬出来，周而复始
某刻的不经意之间，想起遗落在角落
的二次方程，或许是故意忘记
解下的过程烦琐，赋予的情绪却如鸡肋
不如重新寄出新的情绪、物品
擦拭，灵魂深处的淤泥
趁着夜未老，我穿过山区、丛林
遇到投信笺的人，我看不见他们的脸庞
他们顶着风来，却不急着离开
与那个沧桑的邮筒一起伫立
等候，不曾迟到的取信人

十字路口

在十字路口，通往山的云雾
过客询问，至少在他的眼中
这些人只有两副面孔，不同的是
天石的降落，还是那个明月的注视
这些，对他都无关紧要
回家，伐木。伐木，回家
偶尔他也会晚点，直到那炊烟暗淡
昏黄熄灭，对面那座东山
唱着来自荒芜的情歌，等候
那一抹的风情，这一别，止一别。

晚归的人

收拾一下，从忙碌中拔出来
喉咙有些沙哑，渴望甘露的萝卜
每一次的挣脱只为睁开眼睛
哪里有束缚，这里有蓝天
川涌的街道张贴告示，敲打
昼夜不停的红、黄、绿
它们从未一同现身，围着生活的圈
推开单色的门，一晃一晃地
砸在晚归的面具上⋯⋯

劈柴人

这个时辰，不知道会不会进山
四周是犬吠的声音，我可以分清
就像身后沉默的影子一样
只有在霓虹之下，才张牙舞爪

可这只是灯光下的狼藉
装着生活的担子时常崩塌，碎石
在脚底下丈量低谷，有铜的声音
黝黑的脸透过月光，在钟摆敲响那刻
那只剩半截身体的树桩咧着皱纹
一下一下，犹如雷声

空白是万物的底色

如果你在听，褪色的潮汐静默
划过空明的巨响，已然不见那环山
出鞘的锐利与破晓更迭，孩童落于白纸之上的点

山中炊烟是寂寥的张力，抽屉满是黑夜的雨
一会儿面生，一会儿深海以南的风登上屋顶
前进的卡口是为终点，只有那断木竖立
过往送去衣裳，写在我们相遇的桥段
村野里的那张白纸成为那道分界线，摇摇欲坠

黎明背负山海，月色拖着皮囊匆忙
倒灌的江河，年迈的苍森，一摊无名的土壤
秃鹫的双眸里映着撒哈拉沙漠的无字碑

找到它了，我找到它了
燃烧的焰火撕开假面，相悖的颤鸣争论
一个落子，苍茫一甲子，何来知天命？
只求那朵初遇的荷，栩栩如生

随物赋形

从山之上，打开虚无的画册
画中有灵，有一个瓷碗和湖泊

书中有问，山尽头的距离
湖泊里那模糊的影子是木鱼还是潜龙
学生有其他答案，装入瓷碗

十年后的台前，他的目光混沌
台下一个十几岁的灵魂，跟当年一样
上台取过画笔，大雨，刹那而至
似潜龙，似木鱼，似臆想的一切

天空是一扇敞开的门

对于如约而至的降雨
我一向心有不忍，它总是在前头
眼前蒙上迷雾，遮蔽来时的路

等待，钟楼敲响梵音
沉闷的男人饮下烈酒后
我看见山的那一边，象形文字
珍藏在外婆的绣花袋里

天，灰色的，离下班还有
两个钟头，霞光还未上场
所以，追身的还是那沉闷的男人

轨道

本就是看不见的风景
有人加入，有人逐渐模糊
守在痛苦的根源，喃喃自语

落子在尘世之间，马路上有着
匆匆的灵魂或者新的面孔
我只是其中一个，偶尔也会变更
如果是从陌生的起点，导航的线路
热闹或是沉静，都不重要
我只想赶路，推开家的门

一块菱形镜片

里面有我的影子
或者，称他为大圣更合适
没有束缚，也没有羁绊
只是刚从方寸山归来的美猴王

烟，熏红了眼
透过重影，那漫长的一生
破碎的画面落在书本上
成为那一行行冰冷的个体

我手里发光的晶体
形状一样，一块菱形镜片
把它镶嵌在故事的背后
弥补，省略号后遐想的孤独

阳光照在流水上

从东巷到蓝巷
少年打着节拍，有发明的任性

撑伞的青春跃入水中，成了石头
磨平锐利，成了鱼
偶尔，释放天性；偶尔，逆流而上

习惯指引着方向，磨难
留给熟悉泊水河畔的人家，抱着嫁妆
擦拭厚重的口音
有新人来，有老人转身
我在一边打盹，慢节奏的阳光

茶山密语

星云打扰夜半
灯火坐店的客家
画一幅年少初遇
内房黑灯瞎火，细语
伏案掠走光阴

说书的醒木藏着深情
江山落幕在红尘的风景
他断笔在深夜的回访

后人听闻
他开了一间雅室
不恋红尘，不恋你

一条河的上游

在一个支点上，有无数个
交点，云端连接繁星在棋盘上
勾勒出交会的线，会在某个高处
高楼、悬崖，或者一个冥想中
关于一条河的上游。我是个体
一个独立在尘世间与观望者一样
袖口里装满了佐证的说辞
至少，我与她一样相信，时光
更迭一个又一个的名字，山
知道你的故事，哪怕世人早已忘记
是只会看北斗的毛驴，是酒后
轻描淡写的提起，而后丢弃在角落
听说了么，沿着这条路
你会看到你想看到的全貌

风的归处

本就居无定所
想你的牵牛花登不上屋顶
只能祈愿路过的风

帮我给远方的你捎句话
我这里，雨过天晴，荷塘的藕
亲吻露珠，我知道这是岸边

那朵菩萨，关于追逐的话语不肯
多说，它还有一个伙伴

不知何时搬迁过来的磐石
扎根在不远处的土壤
留下一个豁口，捕捉风

与草木对语

沿路，日出与回形山路交好
车窗外的风在石头下呼啸
嫩芽，写在高速上的匆匆一瞥

来不及走走停停
儿时的潇洒成了肩膀上的负担
遭遇被门挡在风口之外

钢笔吐出的笔墨是我的良药
向前多走几步，距离

水知道答案

顺着走，就算白纸上有一层灰
赤脚面对琐碎
明镜之上是众生的游离

山谷之处是我们的尽头，或者
其他方式。向下，一个碑
上面可能有几行字，那都是
后人的事情，我只想看看
那个时候，那扇门背后的光景

顺着走，如果你听到泉水的声音
顺着走，如果你看到紫色的彼岸花
断崖处有一个缺口
嘀嗒、嘀嗒，敲打着答案

风刃

这里的黑夜不需要名字
有的只是拾荒者的统称，在汹涌中吟唱
漆黑是给创作者第二个假面，在其中一行
围坐中心的篝火躺着关于他们的生平
注视着焰火，注视一块被抠下的勋章

去往何处？迎接一个新面孔
那团篝火更加的明亮，我更想说那双眼睛
野兽般的直觉，生涩的词汇敲打，我
收回放肆的目光，可这里不是温暖的书房
不是王子与公主幽会的城堡，他接过木柴
握紧黑夜赋予我们的武器——风刃
一个短暂的艺术家就此诞生，与我们吟唱

流星在路上

黎明赤足追赶，也或许他永远无法遇见
那段黄昏，只能从夜晚的斗篷里打听
她的醉态，参加宴会裙摆的颜色

在黑夜沉睡的某天，他撞见一个浪子
进击的速度前所未见，他请教了和蔼的光明
知晓了他的名字，在某天深夜，他感受到了

哪怕会被巡视的黑夜察觉，他破晓而来
喊出那个名字……

这是我见过最俊俏的天象，他是这么想的
他看到流星带着的花纹，吐露心中的想法
流星告诉他，黄昏是众多天象所追求的

流星告诉他，黄昏在等一个慢腾腾的家伙
流星接过黎明手中的一束光，转身瞬去

草原上的雾

多跑了两步，赶在它苏醒之前
盒子里装着我的致辞
风在耳边提醒，劳作的风车

它在视线的尽头
山坡剩下最后一道屏障
奔跑的人，试图拽住那扇窗

它来了，这里成了一片旷野
不识字的顽劣敲打
一句落幕的台词，简洁而生硬

印记

从来不是难以启齿的伤疤
它是安静的孩子，所以时常被遗忘

穿针引线，似乎是女孩天生的技巧
火炉旁的男人目光空洞
媳妇的双手在火焰中舞蹈
那是即将远行的毛衣，新的身份

雷霆在沉默中发声，渗水了
男人起身修补，那恶劣的印记

向左

给了选择，在白纸上
规则却在束缚
聚光灯下的角色慌张
原本，这个剧本尚未命题

还是遵循习惯吧
倘若变化先我一步
那就顺着流水抵达终点

流水之鉴

那不过是，躲藏在夕阳下的名字
树荫下的铅笔涂鸦，沿着封线
在山的对面升腾起一缕炊烟
闯进来的白裙在少年的心头上
踩出了涟漪，风，欲言又止

打一声招呼吧，肩膀不用费力扛起
水里的那块石头，就让它丢弃
硬得喉咙发苦，连背影都显得仓促
可却从来不提那个名字，落雨了
蒙上面纱的流水，说在那个黄昏

山谷为界

来自深山
成了沿海的子民

偶尔激荡，偶尔低沉
如果你也走过我来时的路

透明是最好的恋人
界线在约定之后

某日某时
来了一位探险者

登山记

物品杂乱，似此刻的荒原
透过黑幕深处，我把思绪揉成一团
山谷有闷雷，挤压在山水之间

厚旧的书本不止一次提起
来自远古的鬼斧神工

河流似赶路的旅人，似百面
似平行时空的另一个我
背着空空如也的行囊
叩问，这座没有名字的山巅

未来的某个黄昏

我有设想过
到了故事的尾声
会有一本《北凛有言》
封面有你最喜欢的花瓣

黄昏骤雨过后
憧憬的，在一圈圈年轮
时间染上皱纹，这个世界
依然生机勃勃
就像他们一样，迎接
闹市的清晨

守护者

狼藉，是自然给予的浓墨色彩

天，扯上无法直视的黑幕
尖锐的音爆在房间里肆无忌惮
妻子抓着我的手臂，只留下
面前一个虚无的墙，她想起
十年前的那一场……

破晓，当这座城市睁开了双眼

我从未想象过这个世界
会有这般景象，坍塌的蓝图
试图使我坠落、坠落
可我知道，他们会来——
在最需要的时刻，那破开迷雾的
车队，悬挂着热血的番号

齐心，是东方大地最古老的传承

道路崎岖阻拦不了抗险的脚步

孩子说，"解放军叔叔。"
我知道，不止有他们，那冲在
一线的"战士"们，那一道道
身着制服的身影，是一次次在
人民最需要的时候，扛起大山

责任，是我们负重前行的灯塔

中断了，望着再次漆黑的房间
黑夜又拿起了无情的镰刀叫嚣
"叮"，那盏灯，亮了
妻子看向窗外，一束束明亮的光
冲破黑夜，像是城市的眼睛

关上门，妻子说
"有电，有水的感觉真好呀。"
窗外，寂静的夜星光点点
在一个角落，在某一个岗位
在我看不见的地方
有那么一群守护者

海的故事

2002 年的夏，好似落目之下没有爱心的模样
又或许在一千多公里末的沉睡，错过见你的第一眼
少了些镜像里的倒叙，偶然翻阅到保存完好的相片
大海似乎从不与我相隔，多年、某年。
无数的飘海者中的其中一个，与落阳一同，枯寂

2020 年的秋，云朵看到被注明的爱心
她不曾接壤，她是大海的女儿，我习惯性
当太阳刺进云霄，当羽翼挣脱大地的怀抱
去触摸透明的屏障，安静且有灵
在往返的里程里，画家并不需要灵感

临摹，海南是天生的艺术家，她滋养一切的怦然心动
夸张地描绘我所见的风景，承接万物的风情
风是椰林的贵客，带着椰香闯进骑楼，路过云洞
最后在世纪大桥下，听，海的声音。
我抱了抱你，在这些场景里，编织我们的童话

23 年的今天，我即将迎娶你，在大海的见证下
随口即来的言辞只剩下涌上心头的热浪

脚印下的独白上台，故事在回望，清晨——
我注意到加快脚步的心脏……
注意到不断跃入脑海的情节跌宕

××年的秋，我们慢慢老去，去那张靠椅吧
读着那本《为你写诗》

跋：被风吹落的余晖

怎么样做才叫有意义。

还是把所有的一切给打翻，因为我看到平行时空的另一个自己，也幸好还来得及，就在这里跟你说一声再见。

更多会在梦里吧，所有的因果捅破窗户纸才发现，皆是有迹可循。那我就把剧情都安排在蓝图里，写在我的文字里，那从来不是疲惫不堪的坚持，我更相信这是命中注定的安排。

或许，会有一个十年，第二个十年，一直到最后能够说一声抱歉。那个我，我不会再否认那是一场精神的坠落，我是幸运的，我做了一个梦。

～～～～～～～～～～～～～～～～～～～～～～～～～～～

《德海行舟》是我的第二本现代诗集，距离上一本《枯戍帖》已有三年。对我个人而言，已是走了我预期的一大半了。

　　《德海行舟》与《枯戍帖》最大的不同或许在于心境，少了一些戾气，或许这个年纪说成长依然感觉有些沉重，这些那些的剧情更像是一块块砖头，我把它们从一个地方搬运到一个密闭空间，然后砌成高墙，上面密密麻麻的是我的前三十年。同样，少了一些急切，更多的是随遇而安的沉淀，把文字酿成温酒，等在未来的某个日子里。我想未来会走得再慢一些，遵循几个喜好，不要枉费上天的心意，就像走在古道上，触碰那些走散的落叶。

　　我想我不会再梦到有关于【　】的一切，那是上天的眷顾，就像《德海行舟》正式的定调，总有一些不期而遇，才能令其有真正的价值。一路而来谈得最多都是遗憾，可若无感，谈何遗憾，我相信我的视觉、听觉、触觉，最后闯进灵魂的【　】——永生。

　　所以，再去回顾我来时的路，有遗憾，有因果，时不时地在电话里还是会与母亲争执，虽然我知道她的出发点是什么。这或许就是每次在敲打文字的时候，不断在告诫的回响。背后的那双手的托举，是支撑所有一切的勇气。

　　书架上有很多书，我有做过一些抉择，在读书笔记和日记之间，更倾向于前者，只有那些倾入灵魂的文字才令我着迷，日记太过真实，读书笔记却隐晦得令人心疼，后者更像是剖开所有的一切之后再安上一个假面，它会等待着，虽然可能一辈子也不会到来……

　　当写到这里，很多事情已经没那么在意了，这或许就是我热烈、滚烫的人生，从江西德兴到海南海口，再做了一个梦，还有什么遗憾呢？渡我的行舟冥冥之中指引那个方向，文字在最后形成了闭环。

如果说还在坚持着什么，那又回归到最初的那个问题，什么叫作意义，我懒得去辩驳，因为当决策币抛起的那一瞬间，我的心里就有了答案，那就遵循内心吧。

最后，我要由衷地感谢杨克老师为我作序，感谢陈洪老师的题字，感谢张晓东老师、毛树良老师、章文晖老师、占德泉老师，姜烨伟、孙泷泽、刘易哲、饶琦等兄弟的供图。感谢所有爱我、我爱的人。

感恩。

万亭轩
2024 年 12 月

真的，好神奇呀